後妻の捧げる深愛は運命の糸を紡ぐ

吉見 依瑠

illustration すらだまみ

Ruhuna

Contents

登場人物紹介
パトリシア
透けるような銀髪をもち、「月の妖精」と例えられるほど美しいセドリックの最初の妻。病により夭逝。
ヴァンサン
アルディ伯爵家の嫡男で、ソフィアの幼馴染。語学が得意で、いろいろな国を遊学してまわっている。
セドリック
次期ジュラバル侯爵。前妻との間に子供がいないため、両親にせっつかれる形でソフィアと再婚する。
ソフィア
前妻を忘れられないと誠実に告げるセドリックとなら、お互いに愛はなくとも信頼し合える夫婦になれると思い後妻に入る。

後妻の捧げる
深愛は
運命の糸を紡ぐ

Gosai no sasageru
Shinai wa
Unmei no ito o tsumugu

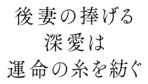

プロローグ

春の訪れを感じた日中が嘘《うそ》のように、屋敷の内廊下は寒々としている。使用人たちも休み始める時間、わたしはサンドウィッチを載せた銀盆を持ちながら、今にも駆け出しそうになる気持ちをなんとか抑えていた。

早くセドリックに伝えたい。どんな顔を見せてくれるだろう？　喜んでくれるのは間違いないけれど……強く抱きしめられるかしら？　それともその場で泣き崩れてしまうかもしれない。

頭の中でセドリックのさまざまな表情を思い浮かべ、わたしは「ふふっ」と小さな笑みを零《こぼ》した。

わたしのお腹の中には二人の待望の赤ちゃんが宿っている。結婚して二年。石女《うまずめ》だの種無しだの謂《いわ》れのない誹謗《ひぼう》も受けてきたが、二人で支え合ってここまできた。これでセドリックの名誉も回復すると思うと居ても立っても居られない。

カタカタと銀盆とお皿が擦《こす》れる音が聞こえる。はやる気持ちが抑えきれず、つい歩みが早くなってしまっていたことに気付き、わたしは反省した。

わたしのお腹に宿る命は、建国当初から続くジュラバル侯爵家の第一子だ。文官の家系だが、大昔の戦乱の世ではペンを剣に持ち替えて王家に仕えた忠義に厚い家で、数代前には王女が降嫁したこともある歴史ある侯爵家。転んで流れでもしたら取り返しのつかないことになる。

正直まだ実感はないが、まだ見ぬ命を想うと愛おしさが込み上げ、胸は柔らかな温もりでいっぱいになる。早くこの気持ちをセドリックと共有したいのに、最近のセドリックは多忙を極め、帰宅は深夜を過ぎる。帰ってからも執務室で仕事をしていて、なかなか顔を合わせる時間さえない。

誰よりも一番に自分の口から妊娠したことを告げたくて、シェフに手伝ってもらって初めて手作りした夜食用のサンドウィッチを持って、わたしは胸を弾ませ執務室に向かっていた。

きっと自分で思う以上に浮かれていたのかもしれない。執務室の扉をノックしても返答がなく、普段であればここで引き返すことを選ぶのに、今夜はどうしてか扉を開けることを選んでしまった。

「失礼しまーす」と数センチ先の暗闇に溶けてしまいそうな声をかけながらそっと部屋に入ると、執務室は真っ暗だが横の仮眠室からは微かな灯りが漏れていた。

わたしは暗闇の中を数歩進み、そしてすぐに自分の愚かさを深く後悔することになった。

どうして誰も教えてくれなかったのだろう。サプライズで夫の部屋に入るなんて決してしない方がいいことを。お腹の子が女の子だったら絶対に教えてあげないといけない。

今、わたし、ソフィア・ド・ジュラバルは無知ゆえに夫の部屋に無断で入り、見てはいけないものを見てしまった。

夫が他の女性の名前を呼びながら涙を零していたのだ。それもただの涙ではない。嗚咽を堪《こら》えきれず、肩を揺らしながらである。

その女性の名前はわたしもよく知っている。そして決して自分がその女性に勝つことはできないともよく知っている。

パトリシア・ド・ジュラバル。

彼の最初の妻であり、そして彼の最愛の女性の名前だ。

執務室の横にある仮眠室から漏れ出た光の中には、亡くなったパトリシアさまを今なお想い続ける夫の背中があった。

「……シア……すまない……君をずっと愛していた……」

苦しげに掠《かす》れた声が耳に届き、ひゅっと息を呑《の》んだ。これまで二人で築き上げてきたものが掌から溶けて零れていくような感覚。彼のこんな切なげな声なんてこれまで聞いたことがあっただろうか。いや、きっとこれが彼の生身の声、彼の本心なのだろう。

『彼女を一生忘れることはできないがそれでも良いだろうか？』二年半前、婚約を結ぶときに申し訳なさそうに伝えてくれた姿を思い出す。

彼は誠実に伝えてくれていたのだ。そのときのわたしは確かこう言った。『忘れられなくて当然です。どうかお気になさらないでください』と。

何もわかっていなかったのだ。彼ほどすてきな男性を愛さないでいられるはずがないことを。

何も知らなかったのだ。愛することがこんなにも苦しいことだとも。

愚かなわたしは夫から与えられる穏やかな日々に、伝えられていた言葉を忘れていた。

そして、前妻を想い嗚咽する夫を見て初めて、自分が狂おしいほど夫を愛していたことに気付いたのだ。

茫然自失の中、わたしは夫に気付かれないよう音を立てずに部屋から出て行く。優しい夫に見つかれば、きっと彼は平身低頭で謝罪するだろう。

そしてきっとこう言うのだ。『あなたが大切だ』と。

わたしは自室に戻ると寝台に顔を埋《うず》め、まだ膨らみのないお腹を押さえながら声を押し殺して泣いた。

〈1〉

わたしが夫、セドリック・ド・ジュラバルに出会ったのは七年前の十六歳の頃。この国の筆頭公爵家が催す夜会に、兄マクシムのエスコートで社交界デビューした夜のことだった。

期待と不安が入り混じる中、伯爵家の家紋が入った二頭立ての馬車に揺られていると、目の前に座る兄がニヤニヤしながら話しかけてきた。

「それにしても馬子にも衣装だな」

緊張感を和らげようとする兄心だろうが、まもなく会場に着くというのにテンションが下がるようなことを言われ、思わずムッとなってしまう。

自分によく似た容姿の妹をそんな風に揶揄《からか》えば、特大ブーメランになって自分にも返ってくることを兄は気付いていているのだろうか。

父譲りの新緑色の大きな瞳はお気に入りだが、いかんせん少し吊《つ》り上がっているせいで性格がきつそうに見えてしまう。だから今夜は少しでも垂れ目に見えるようにメイクしてもらっている。

母譲りのバターブロンドの髪は春の光を溶かし込んだ色だと友人たちは褒めてくれるが、量は多いしクセもあって扱いにくい。未婚の令嬢は髪はまとめ上げずダウンスタイルにするのが主流とあって、試行錯誤を繰り返し辿《たど》り着いたのは、顔周りの髪を緩く編み込んでハーフアップにするアレンジだった。

「でもこのドレスちょっと派手じゃないかしら？　可愛《かわい》すぎるというか……目立ちたくないのに」

ラベンダーカラーのチュールドレスは、身頃には光沢感のある白糸でマーガレットの刺繍があしらわれ、スカート部分は幾重にも重なったチュールが、空気をはらんで柔らかく広がっている。

わたしとしては少々少女じみている気がするのだが、母からは「年を取ったらそんなドレス着られないんだから、今のうちに着ときなさい」と説き伏せられてオーダーしたものだ。

ちなみに数カ月前にサイズを測りオーダーしたのに、一週間前に屋敷に届けられ試着すると、胸のあたりがきつくて、慌てて調整し直した経緯のあるドレスである。

「自惚《うぬぼ》れるな。会場に着けばわかることだが、その程度では目立たん。すぐさま埋没するから安心しろ」

励まされているのか貶《けな》されているのかわからないが、確かに会場に着くと、兄の言葉がすとんと腑《ふ》に落ちた。

赤や黄色や青といった煌《きら》びやかなドレスを身に纏《まと》った淑女たちはまるで大輪の花のようで、会場を華やかに彩っている。兄の言う通り見事に埋没したわたしは会場の背景と化し、これ幸いと高名な建築家が設計したという歴史ある公爵家のタウンハウスをしげしげと観察することにした。

同じ貴族であっても、さすが国内随一の権勢を誇る公爵家だ。潤沢な財産を惜しげもなく使い、触れるのも憚《はばか》られるほどの芸術作品がそこかしこに置かれ、歴史ばかりが長い我が伯爵家との格の違いを見せつけられる。

「あっ！　あれはシェ・ジェルモーの新作スイーツだわ」

大広間には王都の一流とトレンドを網羅した食事やデザートが用意されていた。今発見したのは王都でいつも大行列を作る有名菓子店の新作パイだ。横には定番人気のタルトも並んでいるし、話題のショコラもある。

社交界デビューということでわたし以上に張り切ったばあやにきつく締め上げられたコルセットさえなければ全種類食べたいほど魅惑的なものばかり。さりとて、兄に「そんな物欲しそうな目で見るな。恥ずかしい奴め」とため息をつかれてしまえば諦めるしかない。

名残惜しいが渋々食事から目を逸らそうとしたそのとき、俄《にわ》かに周りがざわめき立った。

「ご覧になって。今夜のお二人もなんてすてきなのかしら！」

「結婚して五年経っても相変わらずの仲の良さね！」

「そりゃそうよ！　だって〝運命〟のお二人だもの！」

何事かと思い、女性たちの視線を追いかけた先にいたのが、そのとき二十三歳だったセドリックとパトリシアさまだった。

初めて見る二人のあまりの美しさに、それまで頭の中のほとんどを占めていたスイーツのことなどすっかり忘れ、わたしの目は二人に釘付《くぎづ》けになってしまった。

艶やかな黒髪に早朝の湖を思わせる鮮やかな青色の瞳を持ったセドリックは、光沢感のあるシルバーグレーの燕尾服《えんびふく》を気負うことなくさらりと着こなし、文官らしからぬ恵まれた体躯《たいく》と美しい顔立ちを際立たせていた。

　セドリックの纏う色はともすれば冷淡な印象を与えそうなものだが、その瞳は柔らかく、慈しみ深ささえも感じさせるのは、瑠璃色の総レースドレスを身に纏ったパトリシアさまが視線の先にいるからだろう。

　ラメ糸を使ったレースにはシルバースパンコールが縫い込まれ、豪華絢爛《ごうかけんらん》なシャンデリアの下で上品で繊細な輝きを放っている。それはまるで星屑《ほしくず》がちりばめられたかのようで、パトリシアさまの透けるような銀髪とセドリックと同じ青色の瞳によく似合い、会場内の羨望の眼差《まなざ》しを一身に受けていた。

　月の妖精だと言われても、さもありなんと納得してしまうほどの美しさに、ついため息が零れてしまう。

　二人が踊り出すと周りからは感嘆の声が上がった。もちろん、その中にわたしも含まれている。

「あぁ、ほんとうにエウクラス神話のよう」

　そう誰かが呟《つぶや》いた。

　ここヘンリオン王国の建国記の一節に『エウクラス神話』というものがあり、姫と騎士の運命の愛を描いている。そこに出てくる姫と騎士の髪と瞳の色が二人と全く同じなのだ。

　見つめ合い、微笑《ほほえ》み合いながら、それはそれは幸せそうに踊っていた。

　誰も二人の間に割って入ることなどできないと思わせるほどに。

羨望が嫉妬に変わる隙も与えないほどに。

そんな二人を〝運命〟だと皆、口を揃《そろ》えて言った。そしてわたしもまた例に漏れず〝運命〟の二人に憧れていくのだった。

十六歳の恋に恋する年頃の娘が〝運命〟に憧れてしまうのは必然のことだった。ただその憧れが友人たちのそれよりも強かったことは認めるが。

決してセドリックを好きだったわけではない。二人が寄り添い合い、慈しみ合う姿を見るのが好きだった。上質な恋愛物語が目の前で繰り広げられているようなそんな気分でいたのだ。

◇　◇　◇

「はあ……。今日も今日とてエウクラスのお二人はすてきだわぁ……」

社交界デビューからしばらく経ち、随分とその特異な空間に慣れてきた頃。

わたしは壁の花となり、美しすぎる二人を目で追いながら、ニマニマとだらしなく緩む口元を開いた扇子で隠していた。

たまにダンスを申し込まれもするが、踊っている最中も二人のことが気になり気もそぞろになってしまう。

「おい、いい加減気持ち悪いぞ?」

ダンス中に幼馴染《おさななじみ》に窘《たしな》められても気にしない。

彼はヴァンサン・ル・アルディ。わたしの実家のローゼン伯爵家の隣領であるアルディ伯爵家の嫡男である。

貴族や名家の子女たちが、十六歳から十八歳までの三年間を通う王都にある学園でも同じクラスの腐れ縁のような間柄だ。

短く切り揃えられた亜麻色の髪。上背もあり、高い位置から見下ろす薄青で切れ長の瞳は少しばかり威圧感を感じさせる。

普段は男友達ばかりとつるみ、とっつきにくい印象もあるが、その瞳が色っぽくてミステリアスだと、学園の一部の女生徒には結構人気がある。

目つきも悪いし口も悪い。会えば嫌味《いやみ》ばかり言われるが、わたしは彼が本当は真面目で優しい男性だということはよく知っている。鋭い瞳の奥を覗《のぞ》き込《こ》めばいつも温かい光が宿っているのだ。

「失礼ね。壁と同化していたわたしを目聡く見つけてダンスに誘ってきたのはヴァンじゃない」

その程度の嫌味に負けるようなわたしではない。何年も近くにいたのだ。さらりと言い返すのもお手のものだ。

「うるせ。ソフィが寂しそうに一人で突っ立っていたからだろ？　だから俺が仕方な……」

「ちょっと見て見て！　パトリシアさまの微笑み！　はぁぁ……もはや女神だわ」

興奮するわたしにヴァンサンは大きなため息をひとつ吐くと、腰に回していた手にぐっと力が入り、グインッと大きくターンした。

「きゃっ！　もう、ヴァン、いきなり酷《ひど》いじゃない！」

「ふん、こっちを見ないソフィが悪い」

そう不機嫌さを隠すこともしないヴァンサンだが、なんやかんやと夜会の度に懲りもせずダンスを申し込んでくる猛者《もさ》ぶりは嫌いじゃない。

「なぁ、そんな調子で次のテストは大丈夫なのか？」

ダンスも終わりに近づいてきた頃、最近の悩みの種を突然ぶっきらぼうに問いかけられ、つい目尻が上がってしまう。せっかくの垂れ目メイクも台無しだ。けれど、ヴァンサンの瞳を見て、わたしは逆にしゅんとうつむいた。その瞳はばかにするでもなく、ただ純粋に心配の色を浮かべていたからだ。

「そろそろ帰ってテスト勉強するつもりよ。心配してくれてありがとう」

「そっか。ソフィが帰るなら俺も帰ろっかな」

そう言うと、ヴァンサンはダンスが終わるなりわたしの手を取り、会場のエントランスに向かって歩き出した。

「ちょっと待って、ヴァン。わたし一人で帰れるわよ」

「いいから。黙ってエスコートされてろよ」

結局、心配症の幼馴染は、わたしが馬車に乗って走り出すまで見送ってくれたのだった。

まだまだひよっこのわたしたちは、大人たちが繰り広げる愛憎渦巻く戦いを横目に、学園に夜会にと毎日忙《せわ》しないながらも充実した日々を過ごしていた。

わたしたちの通う学園は王宮のほど近く、王都の北側に位置している。元はかつて戦禍に見まわれたときに建立された男子のみの騎士養成学校だったが、今では良き領主、良き夫人、良き官公吏を育成する機関となり、男女問わず通う王立学園だ。

「ソフィ！　テスト結果どうだった？」

テストが返却され、机で項垂《うなだ》れているわたしの席まで休憩時間にやってきたヴァンサンをつい恨めしい目で見上げてしまう。

「察してちょうだい」

思っていたよりもムスッとした声が出てしまい、さすがにこれは八つ当たりだろうとすぐさま反省する。

「ごめんなさい。せっかく特訓に付き合ってもらったのに思ったような結果が出なくて」

躊躇《ためら》いがちに返却されたテストをずらっと机に並べる。机一面に並べられたテスト結果はぱっと見は高得点ばかりなのだが、端の方に置いた二枚だけはどうにか平均点を超えている程度だ。

「そっか……俺の教え方が悪かったかもしれないし気を落とすなよ」

「そんなことない。ヴァンの教え方は完璧だったと思うわ。でもなんで外国語ってこんなに難しいのかしら！　外国語ができる人って尊敬しちゃう」

「お……おぅ」

ヴァンサンは急に歯切れ悪く横を向くと、片手で口元を覆っていた。手の隙間から見える頬はなぜかうっすら赤い。

「……それにしてもなんで他の教科はこんなにできるのに、外国語だけはこんな有様なんだ？」

「そんなのわたしが教えてほしいくらいよ」

テスト勉強のほとんどを苦手教科の外国語に充てたというのに、こんな無残な結果しか出せないなんて、もはや才能がないから、としか言いようがなくて泣けてくる。

「マルヴァル語を勉強しないといけないのはわかるのよ？　隣国だしね。でもベジャール語が必要になるのって、王家と外務部、それとヴァンの実家くらいじゃないかしら？」

ヴァンサンの実家であるアルディ伯爵家は領地が海に面しており、とても貿易が盛んなところだ。後継であるヴァンサンにとって外国語は必要不可欠で、当然のように外国語の成績だけはいつもトップをキープしている。

「ヴァンのお嫁さんになる人は外国語が得意な子じゃないと無理ね。わたしはお父さまに怒られない程度にがんばるわ」

「……!!　だめだ。諦めるなんてソフィらしくもない。次のテストも俺が教えるから。だから絶対諦めるなよ」

それからもなぜかわたしよりも必死なヴァンサンにテストの度に猛特訓を受けるのだが、微増こそすれ、大幅な点数アップはなかった。

毎回「なぜだ……」と悔しげにため息をつかれると、教え甲斐のない生徒で申し訳ないという気持ちでいっぱいになる。「幼馴染だからってそんなに気遣わなくても大丈夫よ」と言っても頑《かたく》なに譲らないヴァンサンは、本当に心根の優しい男性なのだと思う。

学園では友人たちと共に勉強に励み、週末の夜になると精一杯おめかしをして夜会に出かける。シーズンが終われば、王宮勤めではない友人たちの家族は領地に戻るが、学生たちは使用人たちとタウンハウスに残る。そして親たちの監視がないのをいいことに友人の家に泊まりに行っては、夜通し恋の話や少し大人びた話を、顔を赤らめながら語るのだ。

夜会で見かけた誰々がカッコいい、王宮舞踏会の警備にあたっていた騎士がすてきだった、から始まり、この年齢にもなってくると婚約者を決めた友人たちも増え、やれデートに行っただの、やれ初めて口付けを交わしただの、ときにはそれ以上の話まで出てきていつまでも話題が尽きることはない。

今夜集まったのは同じクラスの友人宅。兄もよく知る伯爵家なので、咎《とが》められることもなく、快く送り出してもらえた。

「ねぇ、ソフィア？　さっきからわたしたちばっかり話しているけど、ソフィアには誰かいい人はいないの？」

ワクワクした瞳で問いかけてくる友人に何か楽しい話題を提供したい。だが、どれほど記憶を辿っても、そんな男性なんて思い浮かびそうもない。

「んー、そうね…………」

「もう、考えすぎっ！　一人くらい気になる人はいないの？　たとえばヴァンサンさまとか！」

「ヴァンッ!?　それこそあり得ないわ。幼馴染の腐れ縁よ」

「そうかしら？　あの方、あからさまにソフィアにだけ態度が違うじゃない」

「あれは、素を出せる女の子がわたししかいないからよ」

「えー、それだけかしら？」

「それだけよ！　よくて兄と妹、いや姉と弟ってところかしら」

口と目つきの悪さを自覚しているヴァンサンは、耐性のあるわたししか話す女子がいないだけで、そこに恋愛感情なんて一切介在しない。

恋をしている者同士はもっともっと甘い目をしているものだ。そう、あのエウクラスのお二人のように。

「まぁ確かに二人の間になまめいたものは感じないけど……ただの仲良しって感じだものね」

「そうよ。わたしたちは十年以上の付き合いよ？　恋が始まるならとっくの昔に始まっているわ」

「それもそうね！」

納得のいった友人とクスクス笑い合うと、すぐさま次の話題に移っていく。いくら冬の夜は長いといっても、若い女の子たちにとってお喋《しゃべ》りする時間は全然足りないのだ。

そんな下らなくも、楽しい日々を過ごすうちに瞬く間に冬は過ぎ去り、気付けばまた春の社交シーズンを迎えていくのだった。

〈2〉


わたしが十七歳になった頃、セドリックが王都のタウンハウスに遊びにくることになった。

王宮勤めをしている五歳年上の兄マクシムは、配置換えでセドリックと同じ宰相補佐室に異動になったが、当初は不慣れな仕事に随分苦労したそうだ。そのときに助けてくれたのがセドリックで、今夜は日頃のお礼に招待したらしい。

わたしが熱狂的なファンだと知っていた兄は、酒の席に呼んで挨拶する機会をくれた。

「お初にお目にかかります。ソフィア・ド・ローゼンと申します」

油断すればニヤつきそうになる頬を口内から噛《か》み、伯爵家の家庭教師から叩《たた》き込まれたカーテシーを披露する。

「セドリック・ド・ジュラバルだ。ははっ、よく夜会で見かけていたよ。これからは気軽に声をかけてくれ」

まさか憧れのセドリックに認識されているとは思わず、つい頬を噛むのを忘れてしまったのがいけなかった。

澄ましていた顔がみるみる淑女らしからぬニヤけた顔になっていく。

「マクシムからよく妹君の自慢話を聞いていたが納得だね。とても可愛らしいお嬢さんだ」

追い討ちをかけるようにそんな言葉をかけられたわたしは、つい舞い上がって余計なことを言ってしまう。

「あっ、あの……ジュラバル侯爵令息さま！　ぜひまた奥さまとご一緒にいらしてください！」

何の関係も権限もないのに突然そんなことを言ったわたしを、セドリックはばかにすることもなく「ははっ、ありがとう」と笑って受け流してくれた。

兄からは「恥ずかしい奴め」と追い出されてしまったが。

だがその誘いは結局叶《かな》うことはなかった。二人が揃って夜会に来る回数が徐々に少なくなっていったのだ。ついに子どもができたのでは、と噂《うわさ》が立ったが一向にめでたい話を聞くことはなかった。

たまに二人が夜会に来た日は、ただただ眼福とばかりに二人を見つめ続けた。気軽に声をかけてくれと言われたが、そんなことができるわけもない。来ない日は手持ち無沙汰で、ヴァンサンと踊るか学友たちとお喋りするしかない。学友たちも婚約者と過ごさねばならないのでどうしても一人になってしまう時間も多く、時間を持て余したわたしは、もはやお手のものになった壁の花と化し、大人たちを観察するようになっていた。

――あっ、公女様だわ！　なんて美しいのかしら。容姿はもちろんだけど、溢《あふ》れ出《だ》すオーラが違うのよね。何が違うのかしら？　姿勢はもちろん、顔の傾け方ひとつまで計算されているわ。

――あちらにいるのはルスール伯爵夫人ね。あっ表情が曇られたわ。今サーブされたワインはお好きじゃないみたいね。夫人は華やかな香りでまろやかな酸味のものがお好みかしら。

――セロー伯爵も今夜はいらっしゃっているのね。数カ月前に領地で川の氾濫があったせいかお顔に疲労の色が見えるわ。金策のために王都に来られたのでしょうけど……お悔やみの言葉だけ言われても何の足しにもならないでしょうに。

手持ち無沙汰からはじめた人間観察は、結果として学園では学べない貴重な知識をわたしに与えてくれた。

弱味を見せないような鷹揚《おうよう》な立ち居振る舞いを見て真似《まね》てみたり、複雑に絡み合った人間関係をつぶさに把握したり、わたしにとって壁の花でいる時間は決して無駄なものではなく、いつしか有意義な時間へと変化していった。

そんなある日、ふと公休日に家でだらだらと休んでいた兄に気になっていたことを尋ねてみた。

「ねぇ、兄さま？　セロー伯爵の領地であった川の氾濫だけど、国はどんな施策をしたの？」

「ん？　そうだな、騎士団を派遣して人命救助や瓦礫《がれき》の撤去だろ、あとは医療チームも派遣しているな。そうそう、今年度の税金も引き下げられている」

「……それだけ？」

「それだけとか言うなよ。これでも充実している方だと思うぞ」

「家を失った人はどうなるの？　これから冬を迎えるのに住宅の再建は？　それに治水工事をしなきゃ何度でも起こりうる災害でしょう？」

「痛いところをついてくるな。ソフィアの心情はよくわかるが、これ以上は国が面倒見ることじゃない。バランスやらしがらみやらいろいろあるんだよ」

兄は何とも歯切れ悪く、濁したことしか言わない。いや、言えないのか。国の中枢にいると家族にも話せない機密もあるのだろうし、問い詰めても仕方がない。

「ふーん。じゃあ国が関与しないところでお金を集めても問題ないのね？」

「まぁそうなるな。だがそんなあてあるのか？」

「うまくいくかわからないけど、提案するくらいならいいでしょう？」

「家に迷惑かけるようなことじゃないなら好きにやればいいさ」

言質《げんち》を取ったわたしは学園の友人とセロー伯爵と内々に連絡を取り合った。

学園の友人の家は大手新聞社を営んでおり、セロー伯爵領の領民を救うために力を貸してほしいとお願いすれば、マスコミの責務だと言って快く引き受けてくれたのだ。

まずはセロー伯爵が私財を投げうってまで復興にあたっているにもかかわらずなかなか進まない窮状と、セロー伯爵の素晴らしい人となりを報じてもらった。その上でこの苦境を救う者は輝かしい名誉を得るだろう、と少々ドラマティックに書き立ててもらったところ、扇動された貴族が競うように寄付をしてきたのだ。

セロー伯爵は集まった多額の寄付金で住居の建て直しを行い、領民は無事に冬を越すことができたし、治水工事も着々と進んでいる。

このことをきっかけにセロー伯爵とは年齢は大きく離れているが、親密な友人関係が築かれることとなった。ご子息がまだ十歳であるため、嫁に迎えられないことを大変悔しがられていたが、わたしは買《か》い被《かぶ》りすぎだと笑った。

　今回のことはわたしの発案ではあったが、実質わたしは何もしていない。やったのは新聞社との縁を繋《つな》いだことと、他国の治水工事の資料や文献を集めたことくらい。そんな誰にでもできるようなことをやっただけだ。わたしは与えられた過分な評価に恐縮してしまうばかりだった。

　こうして少しずつ交友関係を広げながら、次第に壁の花から表舞台にも出るようになったわたしは気付けば十八歳になっていた。


「そういえば兄さま？　今年は一度もエウクラスのお二人を夜会でお見かけしないけれど、何かあったのかしら？」

　タウンハウスの居間でお茶を飲みながら、昨年のシーズン後半からめっきり姿を見せなくなった憧れの二人について軽い気持ちで尋ねてみると、予想外の反応が返ってきた。言葉を濁し、表情を酷く曇らせた兄の様子に、これは良くない話だと勘付く。わたしが背筋を伸ばし聞く姿勢を整えると、兄もまた使用人たちに手を振って居間から下がらせた。

「じきに情報は回るだろうし、話しても問題ないと思うが、他言無用で頼むぞ」

「もちろんです。お約束します」

「そうだな、何から話せばいいのか……」

　慎重に言葉を選びながら、ポツリポツリと話し出した内容は俄かには信じ難い話だった。

それは、パトリシアさまのお身体の状態が芳《かんば》しくなく、今の医療ではなにも施しようがない病であるということ。痛みを緩和して、ただただ静かに死を迎えることが今できる最良の治療だということ。そんな耳を塞ぎたくなるほど残酷な話に、わたしは話を聞きながらいつの間にか涙を流していた。

なぜあんなにすてきな女性がそんな仕打ちを受けなければならないのか。

以前パトリシアさまと偶然お話ししたことを思い出し、あまりの無常さにわたしは唇を強く噛みしめた。

あれは一年くらい前だっただろうか。その日もいつもと同じように壁の花と化していたわたしは、誰も手をつけないスイーツを前にどれを食べようか悩んでいた。

「どうして誰も食べないのかしら？　こんなに美味《おい》しそうなのにもったいないわ」

「ほんとにね。このパイなんて見るからに美味しそうなのに」

ひとりごとのつもりで呟いただけだったのに、鈴を転がしたような美しい声が聞こえ、びっくりして顔を上げると、そこにいたのは儚《はかな》げな美しさを湛《たた》えたパトリシアさまだった。

「あっ、このタルトレットは食べたことあるけどとってもおすすめよ。よろしければどうぞ」

「は、はい！　ありがとうございます！」

憧れの美女に手ずからサーブされ、わたしは動転して気の利いた言葉も出ないでいるのに、パトリシアさまは気にされた様子もなく楽しそうに笑っている。

「んー！　このパイもバターの香りが素晴らしいわ」

「パ、パトリシアさまおすすめのタルトレットもとても美味しいです！」

「あら？　わたしのことをご存じなのね？　改めて自己紹介させてね。パトリシア・ド・ジュラバルよ」

「もちろん存じ上げております！　わたしはソフィア・ド・ローゼンと申します。いつも陰ながら拝見しております」

陰ながら拝見だなんて、気味の悪い発言をしてしまったと些《いささ》か後悔するが、パトリシアさまは何かに気付いた表情をされると、キラキラとした笑顔をわたしに向けた。

「もしかしてマクシム卿《きょう》の妹さんかしら？　先日は主人を招待してくださってありがとう。あなたのお話も聞いているわ。とっても可愛らしい妹さんだったって！」

「そんな……恐れ多いことです」

「ふふっ、もっとあなたとおすすめのお菓子やお店についてお話ししたいけれど、残念ね、あちらから呼ばれているみたい。またお話ししましょうね」

そう言うと春の風のようにふんわりとした心地よさだけを残して去っていってしまった。

儚げな見た目とは裏腹に、朗らかで親しみやすいパトリシアさまにわたしがさらに心酔していったのは言うまでもない。

それなのに。あんなに快活に笑っておられたのに。

兄から話を聞いた翌年。冬の気配が去り、暖かな風に乗って花のにおいが家の中まで届く頃、パトリシアさまは二十六歳の若さで亡くなられた。

憔悴《しょうすい》しきったセドリックは、その深い悲しみを忘れるように仕事にのめり込んでいると兄から聞かされた。

そのときのわたしは、知人としてパトリシアさまの死を悼み、セドリックにいつか心安らぐときが訪れるように遠くから祈るだけで、まさか一年後にセドリックの婚約者になるなんて全く想像だにしていなかった。


逝去から一年が経ち、パトリシアさまの喪が明けた頃、セドリックが後妻を探しているという話が社交界を賑《にぎ》わせた。

ジュラバル侯爵家にはセドリックしか子がいない。侯爵夫妻は遠縁から養子を取ることよりも、直系の後継者を望んでいた。

二十七歳ともう若くもないセドリックをせっつき、再婚に後ろ向きな本人を差し置いて後妻探しに奔走しているらしい。侯爵夫妻の条件は二つ。侯爵家とつり合う家格であること。そして、妊娠する時間に猶予のある若い娘であることであった。

パトリシアさまは力のない子爵家出身であったため、侯爵夫妻は当初は結婚に反対だったそうだ。だが学園でも有名だった聡明《そうめい》さと、社交界の花と謳《うた》われる美貌、そして何よりも一人息子の強い意志もあり渋々結婚を了承したという。

過去の背景もあり、今回の縁談は侯爵夫妻の条件を呑む形——といってもセドリックが再婚相手に望むものなど何もなかったからだろうが——で相手の選定がされていった。

だが意外にも後妻選びは難航した。

エウクラス神話にまで例えられたパトリシアさまの後に嫁ぐことの苦労を考えれば、いくら高位貴族であるジュラバル侯爵家であろうと、まともな家では可愛い娘を嫁にやるのは憚られたからだ。

パトリシアさまと常に比べられ、決して愛されることのない後妻。

そんな惨めな女は社交界では格好の嘲笑の的だ。それなりの家格の若い娘であれば縁談相手など引く手数多《あまた》で、貧乏くじなど誰も選ばなかった。

そんな内情を兄から聞いていたわたしは「セドリックさまはあんなにすてきなのに……早く良いお相手が見つかればいいわね」とどこまでも他人事《ひとごと》だった。

二十歳になってもどこか男女の色恋に疎いわたしにとって、別の世界の出来事のような気でいたのだ。

だが、いつもと変わらない平凡な一日を過ごし、家族で晩餐《ばんさん》をとっていたある夏の夜。父から思いもよらぬことを告げられた。

「ソフィア、お前好きな男はいるのか？」

「えっ？　そんな人いませんけど」

「まぁそうだろうな。実はな、セドリック卿との縁談の話が来ている。わたしは悪い話ではないと思っているが、この話を受けてみる気はないか？」

父の顔は大真面目で、これが冗談ではないことがわかる。

「父上！　セドリック卿は素晴らしい方ですが、ソフィアを社交界で笑い者にするおつもりですか？」

兄も今初めてこの話を聞かされたのだろう。いつも冷静沈着な兄にしては珍しく大きな声で反発している。

「いや、ソフィアなら社交界でもうまく立ち回れるだろう。そう思わないか？」

「それはそうですが……」

父と兄の言う通り、今のわたしの社交界での立ち位置を考えれば、裏で面白おかしく噂する人はいるだろうが、表立って笑い者にされることはまずないだろう。

十六歳からエウクラス神話の二人を見るために足繁《あししげ》く夜会に通ったおかげで、知り合いは老若男女多岐にわたる。壁の花に徹していたときの人間観察のおかげで、他に侮られないような立ち居振る舞いも覚えた。勉強はそこそこだったが、昔から人の名前や顔を覚えるのは得意だったし、相手の態度や表情を見れば、どんな言葉を望んでいるのかも推し量ることができる。

社交界にデビューして五年目。意図したわけでも狙ったわけでもないが、わたしは気付けば社交界の中心的存在になっていたのだ。

「ですが好いていない相手と結婚なんて……」

ローゼン家は貴族としては珍しく政略結婚に拘《こだわ》らない家だった。

歴史だけは古い伯爵家ではあるが、それほど権力のある家でもないし、権力を求めているわけでもない。領地経営も安定しており、ものすごく裕福なわけではないが、決して貧しいわけでもない。

政略結婚してまで手に入れたいものなどなく、父と母も、祖父と祖母も恋愛結婚だった。

「このままソフィアに好きな男ができるのを待っていてはいつになるかわからん。条件の良い男たちはもうほとんど残っていない。それならいっそ憧れている男に嫁ぐのもありなんじゃないか？」

父の言うことは至極真っ当なことだった。学園で一緒だった友人たちも次々と結婚しているし、していなくても婚約者がいる。真《ま》っ新《さら》な状態などわたしくらいなものだ。

自分だって将来誰かと結婚したいとは思っているが、「好き」という感情がわからないのにどうやって相手を探せば良いのか。

夜会でたくさんの男性と出会ったが気持ちが揺れ動いたことなど一度もない。きっとこれまで通りに暮らしていても、好きな男性に巡り合う確率なんてほとんどないだろう。

それにセドリックと結婚するデメリットは社交界での立場が危うくなることだが、その程度なら自分の力でどうとでもできるはず。つまりセドリックとの結婚にマイナス要素なんて見当たらない。

そこへ背中を押すように母の言葉がかかる。

「家柄も、性格も、見目も良くて、その上憧れの存在でしょう？　この上ない結婚相手じゃない」

ほほほ、と母が楽しそうに笑う。

母の笑顔を見ているうちに「それもそうだな」と俄然《がぜん》前向きな思考に変わる。

愛される妻にはなれないかもしれない。正直に言えば、愛し愛される関係に憧れがないわけじゃないが、自分だってセドリックを愛しているわけではないのだ。だからそれはお互い様だ。

いつぞやの夜会で老婦人が「愛がなくなっても信頼関係があれば夫婦はやっていける」と言っていたのを思い出す。

それに愛し合って結婚したのに離縁を望む者もいる。そうであるならば「愛」という不確かなもので繋がるより「条件」という確かなもので繋がった方が、永続的な夫婦関係を築けるのではないか。

「お父さま！　わたしとセドリック卿の婚約、進めてくださっても構わないわ」

クリアな思考になったことで、声高らかに宣言する。これがベストな選択だとしか思えない。

兄の言う通り好いていない相手と結婚なんてどうかと思うが、それはローゼン伯爵家が特別なだけで、ほとんどの貴族がしていること。それに、好いていないといえど、好ましいと思っている相手と結婚できるなんて、むしろ運が良い方だ。

このまま婚期を逃し、齢《よわい》を経た男性の後妻に収まることに比べれば、とんでもない好条件だといえる。

「ソフィア！　一生のことだぞ？　もっとよく考えろ。せめて一晩くらい考えてくれ！」

多勢に無勢の話し合いを、なんとか形勢逆転しようと兄が必死に言い募る。

「あら？　セドリック卿のお人柄はわたしもよく知っています。うまくやっていける想像しかできないわ」

わたしの中にもう迷いはなかった。昔から決断は早い。それでこれまでもうまくやってきた。

「あぁ……ソフィア……。お前は何もわかっていない……」

二十年兄妹《きょうだい》をやってきて兄もわかっているのだ。こうなってしまったら、わたしは意見を覆さないということを。

はぁ、と小さくため息をついた兄は、わたしの目を悲しげに見つめると、珍しく優しい声で諭すように言った。

「辛くなったときは外聞など気にせず家に戻ってくるんだ。それだけは約束してくれ」


それからほどなくして顔合わせの席が設けられた。

その日、わたしはあのヴァンサンでさえ唯一褒めてくれた新緑色の瞳と同じ、お気に入りのグラスグリーンのオーガンジードレスを選んだ。

前身頃には一つひとつ手加工でマルチカラーに色付けが施されたフラワーレースがあしらわれ、華やかさを演出している。

ウェーブのかかった明るい金髪をゆるく編み込み、低い位置でまとめたシニヨンに暖かな色合いのパールのヘッドドレスを飾れば、年相応の大人の女性に見えるはずだ。

自分としては七歳の年齢差なんて気にならないが、セドリックの前で子どもっぽい失敗を犯してしまった過去もあり、少しでも大人の女性に見えるようにと意識をした。

「ソフィアさま、美しくお育ちになられて……。ばあやは大変嬉《うれ》しゅうございます……」

生まれた頃から仕えてくれたばあやは、まだ婚約が決まったわけでもないのに、まるで結婚式に送り出すときのように涙をハンカチで拭っている。

「おっ！　今日のドレスはなかなかいいな。ソフィアによく似合っている」

珍しくストレートに褒めてくれた兄の表情は存外明るい。つい先日まで婚約に反対していたことが嘘のように、感慨深そうに目を細めながら、着飾ったわたしを見つめている。

いつまでもくよくよ悩まず、前向きに思考を転換させる早さは家系なのかもしれない。

そうこうしているうちにジュラバル侯爵夫妻とセドリックの到着が告げられ、家族、使用人総出でお出迎えをする。

「はじめまして。ソフィア・ド・ローゼンと申します」

三年前にもセドリックに披露したカーテシーだが、あの時以上に背筋を伸ばし、美しい所作を意識する。

社交界の花とまで謳われたパトリシアさまの容姿には到底及ばないとわかっているが、カーテシーならば努力次第で及第点をもらえると思ったからだ。

「まぁ！　なんてすてきなお嬢さんなんでしょう！　さすが歴史あるローゼン伯爵家のご令嬢だわ！」

歴史しか取り柄はないけどね、と内心では自嘲しながら、たおやかな微笑みを浮かべる。社交界で一番肝心なのは第一印象だが、今回もなんとか良い印象を持ってもらえたようでほっと胸を撫《な》で下ろす。

その後応接間へと案内するが、まだまだ暑い夏の終わり、狭い空間に大人が六人も集まれば息苦しさを感じるほどだ。

中庭に面した三つの腰高窓は開けられ、時おり吹き込む風が心地よい。

親たちはそんな暑さなど物ともせず、せっせと婚約や結婚のスケジュール調整で盛り上がっている。その会話をなんとなく聞きながら、目の前で何も喋らずじっと座っているセドリックにこそっと目を向ける。

最後に会ったのは三年前で、そのときセドリックは二十四歳だった。今でも美しい顔立ちであることは間違いないが、三年でここまで変わるのかというほどの変貌ぶりに驚かされる。

顔色も悪く全体的に生気を感じられない。肌はくすみうっすらシワも見て取れる。

それが老化ではなく、精神的なものからくる変化であることは明らかで、パトリシアさまの逝去から一年経《た》ってもいまだ深い悲しみの中にいることは明らかだった。

いつの間にかまじまじと見つめてしまっていたのか、セドリックと不意に視線がぶつかってしまう。若干の気まずさを感じ、愛想の良い笑顔を見せると、セドリックは困ったように眉を下げ、悲しげな笑みを返してきた。

「こんな素晴らしいお嬢さんがお嫁に来てくださるなんて、すごく嬉しいわ！」

侯爵夫人の言葉に嘘は感じられない。本当に歓迎しているのがよくわかる。

それもそのはずで、なかなか相手が決まらず家格を下げることも止《や》む無しという中で、わたしが婚約を受けたのだ。きっと少しでも良い姑《しゅうとめ》と印象づけ、逃げられないようにと思ってのことだろう。

「過分なお言葉をいただき、ありがとうございます。ご期待に添えるようにがんばりますわ」

侯爵夫妻の「期待」とは「子ども」である。それを堂々と「がんばる」と宣誓したことで、侯爵夫妻の喜びに拍車がかかる。

「まぁまぁ！　婚約期間なんてもどかしいわ。早くお嫁に来てほしい！」

だが婚約期間なしで結婚などよっぽどの訳ありだ。外聞もあるので半年程度の婚約期間を経て、翌年の社交シーズンが始まる前の春先に結婚することが決まった。

その後は二人で親睦を深めるように言われ、庭園を散歩させられる。庭園には夏らしい色鮮やかな花々が咲き乱れているが、セドリックは花に目をくれることもなく、何の言葉も発しない。

それほど広くはない我が家の庭園なんて、しばらく無言でもくもくと歩き続ければ一周するのなんてあっという間だ。それでもなお続く沈黙にわたしが耐えかねたとき、少し先を歩いていたセドリックも足を止め、ゆっくりと振り返った。

「お会いするのは三年ぶりですね。お変わりありませんでしたか？」

「えぇ。おかげさまで……」

『セドリック卿もお変わりありませんでしたか？』とすんでのところまで出かかった言葉を必死に飲み込む。お変わりあったからこんな状況になっているのだ。

「三年で見違えるほど大人っぽくなられましたね」

「ありがとうございます……」

そう、たった三年でこんなにも変わってしまう。運命の相手を失い、親に言われるまま愛してもいない相手と再婚させられるほどに。

「パトリシアさまのこと、心からお悔やみ申し上げます」

「あぁ……ありがとう」

その名前を聞いただけで、セドリックの瞳は震えるように揺れる。昔、夜会で見た柔らかな青色の瞳は、今では常冬の森にある湖のように、何も映していない。

「あなたはこの結婚を受け入れるのか？」

「はい。何ら問題ありませんわ」

「もし親に無理強いされているのなら断ってくれてもいい。わたしがうまく取り計らおう」

なんて優しい人なのだろう。わたしは場違いにもそう思った。家格が高くても、お金に困ってい

る家や侯爵家の後ろ盾が欲しい家は、娘の気持ちを無視して話を押し進めようとしたはずなのに、そういった家とは婚約を結ばなかった。それはつまり、再婚相手本人の意思を尊重したいということなのだろう。

「わたしの意思で結婚することを決めました」

迷いなくそう言い切る。婚約の打診を受けたときから既に迷いはなかったが、今こうしてセドリックと相対してさらに心が決まった。こんな誠実な人ならば結婚生活はきっとうまくいくと確信めいたものがあった。

「わたしは……パトリシアを一生忘れることはできないがそれでもよいだろうか？」

今にも泣き出しそうな顔でセドリックは問う。

もし彼を愛している人ならば、心を切り刻むような残酷な言葉だが、わたしは違う。

「忘れられなくて当然です。どうかお気になさらないでください」

こうしてわたしとセドリックの婚約は、暑い夏の末に結ばれたのである。

〈3〉


婚約のときにセドリックからパトリシアさまを一生忘れることはできない、と言われ受け入れたが、何も無条件で受け入れたわけではない。こちらからもいくつか条件を出させてもらっていた。

愛することができなくても、一生のパートナーとして尊重し合うこと。

夜会などではエスコートをして、円満であるアピールをすること。

信頼し合える仲になるよう、努力を惜しまないこと。

それほど大それたことではなく「パートナーとして仲良く暮らしていく努力をしましょう」ということだ。

「もちろん、その約束は必ず守る。あなたを愛することはできないかもしれないが、妻として敬い、大切にすると誓おう」

そう約束してくれたセドリックはこの条件を婚約中から忠実に守ってくれている。

婚約が結ばれたのが晩夏だったこともあり、社交シーズンも終盤で残る夜会は数少なかったが、幸いにも有力貴族たちが催す大きな夜会はまだ残されていた。

パトリシアさまが体調を崩され、セドリックが夜会に来なくなって三年が経つ。侯爵夫妻も王家主催の舞踏会以外は領地経営を優先され、普段はカントリーハウスで過ごされている。いくら名門のジュラバル侯爵家とはいえ、これ以上社交を疎《おろそ》かにすることはできない。それに妻となるからには、その役目をしっかりと果たしたいと、わたしは精力的に社交界に顔を出そうと決めていた。

新しい婚約者を伴ったセドリックを見れば、ジュラバル侯爵家の将来も安泰だと印象付けることができるのではないかと提案すると、セドリックは小さな声でありがとうと呟き頭を下げた。

そして二人で初めて夜会に出席する一週間前、セドリックはローゼン伯爵家のタウンハウスを訪れていた。夜会へ出席する前にお互いのことをもう少し知っておいた方がいいとセドリック自ら申し出てくれたのだ。

「甘い菓子が好きだと聞いてこの菓子を選んだんだが好みに合うだろうか？」

おそらく同じ宰相補佐室に勤める兄、マクシムあたりに聞いて用意したのだろう、王都でも人気の菓子店の包み紙が目に入る。

「まぁ！　アマ・デトワールですわね。ありがとうございます。ふふっ、大好きなお店ですわ」

「そうか、それは良かった」

「せっかくですから、こちらに合う紅茶を準備させますね。ばあや、ベジャール産の紅茶があったでしょう？　あれを淹《い》れてきてちょうだい」

食い意地の張った女だと思われやしないかと内心ヒヤヒヤしたが、結婚するのに偽りの姿で取り繕っても後々しんどい思いをするだけだ。そう思って思い切って最初からありのままの姿を見せたのだが、セドリックは嫌な顔ひとつ見せなかった。

思えば、初めて会った十七歳のときに既にやらかしてしまっているのだ。今さら可憐《かれん》な女性を演じるのは無理がある。

「セドリック卿はお菓子にも詳しいんですね」

「そうだな、シア……っすまない。前妻も好きだったからな。王都内の菓子店はそこそこ食べ尽くしているかもしれん」

ついパトリシアさまの愛称を口にしたセドリックは、バツが悪そうな顔をした。

「謝らなくても大丈夫ですわ。無理に〝前妻〟だなんてお呼びにならなくても、お名前で呼んでいただいて構いません。そういえば、以前夜会でパトリシアさまとお話しした時もお菓子のお話をしましたわ」

「……シアと話したことがあったんだな」

「ええ、一度だけですが。三年前だったかしら、月の妖精のようなお姿なのに、お話するととても気さくな女性で、そのギャップにより一層憧れを強くしたのを覚えております」

「ははっ！　そうなんだ、シアは見た目と性格が違うから驚いたろう？　そうか、君はシアを知っているんだな……」

そう言うとセドリックは優しく目を細めた。その瞳が誰を想っているかなんて一目瞭然だ。パトリシアさまのお話は心の傷を広げてしまうのではないかと心配したが、その心配は杞憂《きゆう》だった。

きっとセドリックはこれまで一人で思い出の中のパトリシアさまを追い求めていたのだろう。懐かしそうに思い出を話してくれるセドリックは、誰かと思いを共有したかったのかもしれない。しばらく二人でパトリシアさまもお好きだったというお菓子を食べながら、セドリックの胸に残る、色褪《いろあ》せることのないあたたかな記憶に触れた。

「すまない、シアの話ばかりしてしまったな」

「お気になさらないでください。むしろずっと憧れていたパトリシアさまが、外見だけでなく内面もすてきな方だったと知れて嬉しいくらいです」

「ソフィア嬢は若いのになんというか……達観しているんだな。社交界でも中心的な存在だと聞いて最初は信じられなかったが、今ではわかる気がするよ」

そう言ってわたしを見つめたセドリックは僅かだが微笑んだように見えた。婚約を結ぶときに見た笑顔は悲しげだったり、諦めに似た笑顔だったりしたが、今見せてくれたものはそれらとは全然違うものだった。

閉ざされていたセドリックの心がほんの僅かであるが開かれたと直感する。それまで視線が合っても、どことなくわたしを見ていないような気がしていたが、今、真《ま》っ直《す》ぐにわたしを見据える瞳には、確かにわたしが映っていた。

「ところで一週間後の夜会ですが、ひとつお願いがあるのですが……」

初めてセドリックにエスコートされて出席する夜会。わたしはさまざまなシチュエーションを夜な夜な頭の中で繰り広げた結果、ひとつの提案があった。

「ん？　なにか気になることがあるのなら、なんでも言ってほしい」

「ありがとうございます。その……夜会中わたしとはダンスは踊らないでほしいのです」

「……理由を聞いても？」

「はい。セドリック卿がお考えになっている以上にエウクラス神話のお二人の影響力は大きいものです。ほとぼりが冷めるまでは控えた方が無難かと」

初めてパトリシアさまとセドリックの踊る姿を見たあの日の衝撃は、いまだに忘れられない。幻想的な美しさと、二人の幸せそうな笑顔。わたしだけでなく、一度でもあの光景を見た者は脳裏に焼き付いていることだろう。

もしわたしがセドリックと踊ったとしても、その圧倒的な差を晒《さら》すだけだ。その結果、わたしに哀れな後妻という烙印《らくいん》が押されるのは目に見えていた。

わざわざ社交界にそんな格好のネタをばら撒《ま》く必要もない。うまく渡り合っていくためには踊らない方が良いだろうと思い至ったのだ。

「それは別に構わないが……。逆に目立ちはしないだろうか？」

「今シーズンの残りの夜会は侯爵夫妻も共に参加してくださるそうですから、挨拶回りで手一杯でしょうし、それほど不自然には見られないと思いますわ」

まだパトリシアさまが亡くなられて一年半足らず。セドリックの後妻に向けられる目はまだまだ厳しいと理解していた侯爵夫妻は、顔合わせの後そのまま王都に留《とど》まり、残りの夜会はわたしたちと共に参加すると決められていた。

有力貴族たちにわたしたちの良好な関係性を見せつけ、義娘を褒めちぎりながら紹介して回ることで、わたしが憂き目を見ないようにと、取り計らってくださったのだ。

「そうか。社交界についてはわたしよりもソフィア嬢の方が詳しいだろうから、君の意見に従うよ」

そう言って迎えた初めての夜会は、おおよそ想像通りのものだった。

実際のところ、これまでの社交界での立ち位置、そして新たに加わった次期侯爵夫人の肩書きを持ったわたしにとって多少の悪意くらい跳ね除《の》けることはどうってことない。

だがそれに加え、現侯爵夫妻の強い後ろ盾があると示したことは、年嵩《としかさ》の貴族たちを制するのに思っていた以上の効果があった。

年齢を重ねると〝運命〟のような絵空事はあくまでも物語として楽しむものになり、なによりも現実を重要視するようになる。

悲しいかな、現実は御伽噺《おとぎばなし》のようにうまくはいかないと経験をもって知っているのだ。そういった者たちにとって、覚悟を持って嫁ぎ、責務を果たそうとするわたしの姿はなかなかの好印象を与えたようだった。

一方で困ったのは年若い令嬢たちだ。白馬に乗った王子様がいつか迎えにきてくれると夢見る彼女たちは〝運命〟を信じたいのだ。それは決して悪いことではない。わたし自身もそうであったように、若い時代はそんな夢を持っていても許される限られた特別な時間だ。

女性であれば誰しも、いつか運命の人と巡り合い、生涯の伴侶となることを夢見る時期はある。

貴族である以上、いつかは政略結婚をする将来があるとわかっているからこそ、殊更にそんな夢物語に憧れるのも無理はない。

そしてそんな夢物語を体現してみせたセドリックとパトリシアさまに強い憧憬を覚えるのも当然のことだといえる。

だからこそ、そんな彼女たちにとってわたしなど〝運命〟を愚弄する女にしか見えないのだろう。若さ故に、侯爵家の威光なんて物ともしない怖いもの知らずな彼女たちは、あからさまな悪意の眼差しを向けてきたのだ。

「ソフィア嬢、君の言う通りだったな。これほどまでに厳しい目を向けられるとは思わなかった」

初めて二人で参加した夜会を終えた数日後。公休日に合わせてセドリックは今日もローゼン伯爵家を訪れていた。応接室のテーブルには、手土産《てみやげ》に持ってきてくれた老舗菓子店のケーキがサーブされているが、セドリックは一度も手を付けることなく、代わりに大きなため息を零している。

「想像していた程度ですから大丈夫ですよ」

決して強がりで言っているわけではない。これくらいの悪意なんて想定の範囲内、むしろ侯爵夫妻がいてくれたおかげでマシなくらいだった。

「原因は全てこちらにあるというのに、ソフィア嬢にばかり迷惑をかけてしまって申し訳ない」

悪意の眼差しのほとんどが、自分ではなく隣にいるわたしに向けられていたことに、セドリックも気付いていたようだ。だが、こんなことは当たり前に覚悟をしていたこと。わたしはセドリックの罪悪感が少しでも軽くなればと、口角を上げてニッコリと微笑んでみせた。

「エウクラス神話のお二人ですもの。わたしを認めたくない令嬢たちの気持ちも理解できますわ。それに、社交界の噂になるのは、それだけジュラバル侯爵家が力を持っている証拠でもありますし、悪いことだけじゃありませんわ」

「ソフィア嬢は強いな……」

「ふふっ、可憐な令嬢じゃなくてごめんなさい」

「いや、良い意味で言ったんだ。だが女性に対して強いだなんて褒めていることにならないな、すまない。なんというか、これも年下の女性に対する褒め言葉にならないかもしれないが、ソフィア嬢は尊敬できる人だ」

「まぁ！　それは最高の褒め言葉ですわ」

くくっ……と笑いを堪える。婚約してからお茶や夜会などで共にする時間が長くなるにつれて、さらにセドリックの真面目な人となりが見えてきた。確かに女性に対して〝強い〟だなんて、全く褒め言葉になっていないが、セドリックの真意がわかるからこそ嫌な気にはならない。

こうして気やすく軽口を交わすこともできるようになり、当初は探り探りだったお茶の時間は、少しずつ心地のよい時間へと変化していった。

「それでわたしなりに考えたんだが、夜会以外でも仲良く過ごしている姿を見せるのはどうだろうか。無理にとは言わないが」

初めて聞くセドリックの前向きな発言に心が温かくなる。わたしの立場を良くするために、策を練ってくれたことが嬉しい。

「もちろん賛成ですわ。夜会だけ取り繕う夫婦は案外多いですものね。わたしたちがそうではないことを示すのは良い案だと思います」

「そうか！　ならばシーズンが終わる前に共に街歩きにでも行こうか。噂好きの貴族たちであればすぐに社交界に広まるだろう」

「そうですわね。身分を隠して街歩きをするのも楽しいものですけど、今回は噂を立てることが目的ですから、あえて貴族たちに人気のカフェにでも行きましょうか」

「あぁ。身分を隠しても楽しそうだな。それはまたシーズンが終わった頃にでも行こう」

わたしは思いもよらないセドリックの言葉にひどく驚いていた。これまでお互いを知るためにお茶を共にしたのも、婚約早々に夜会に参加したのも、これから人気のカフェに行くのも、全て社交界で不利な立場にならないためという目的があってのことだった。それが目的を持たない身分を隠しての街歩きだなんて、まるでデートのようなものではないか。それを肯定的に捉えてくれたことがあまりにも意外だった。

「で、ではお店などはわたしの方で選んでも良いでしょうか」

「あぁ、ソフィア嬢の選ぶ店なら間違いないだろう」

それから善は急げとばかりに、次の公休日には早速街歩きをすることになった。

屋敷まで馬車で迎えに来たセドリックは、清潔感のある白いシャツにキャメル色のリネンで作られたサマージャケットを羽織り、季節感のある装いだ。大人の余裕を漂わせるその姿に、ついつい見惚《みと》れてしまう。

対するわたしもダスティピンクのシンプルなリネンドレスに、ツバ広のハットを選んだ。

今日は王都で話題の新しいカフェに行く予定で、今は侯爵家の馬車の中で向かい合わせに座っている。

「今から向かうカフェは、ソフィア嬢がよく行く店なのだろうか?」

「いえ、わたしも初めてのカフェなんです。最近できたばかりのお店なのに既に美味しいと評判で、流行《はや》りものが好きな貴族たちもよく通っているそうなんです」

「流行りもの好きは、噂好きでもあるからな。わたしたちの噂も広まりやすいというわけだな」

「その通りです。あと、バターやチーズが我がローゼン伯爵領産と聞いたのも理由のひとつですわ」

「そういえばローゼン伯爵領は酪農が盛んだったな。俄然カフェに行くのが楽しみになってきたな。いつか領地にも行ってみたいものだ」

「ふふっ、長閑《のどか》で何もないところですが、遠くに海も望める美しい所です。ぜひいつかいらしてください」

穏やかな会話が続き、もうすぐ目的地に着くというとき、セドリックがハッとした表情でわたしを見つめた。

「もう目的地か？　ソフィア嬢とのお喋りが楽しくて一瞬だったな。馬車から降りる前にひとつ提案があるのだが」

「はい、なんでしょう？」

「呼び方なんだが、ソフィア嬢やセドリック卿だと余所余所《よそ》しくないだろうか？　名前で呼んだ方が円満さをアピールできると思うのだが、どうだろう？」

「確かにそうですわね。それでは、セドリックさま……でよろしいでしょうか？」

「んー、何か違うな。そうだな、さまはつけなくていい。代わりにわたしもソフィアと呼んでも？」

「そう呼んでいただいて構いません。では……セ、セドリック？」

つい声が上擦ってしまう。頬も何だか熱く感じる。こういったことに不慣れすぎる自分が恨めしい。

「ははっ。ソフィアは可愛らしいな。大丈夫、すぐ慣れるさ。まずは何事も形からだ」

そう言って先に馬車を降りたセドリックは、わたしに手を差し伸べながら笑った。

わたしはその手を取り馬車から降りるが、頭の中では不意に放たれた「可愛らしいな」の言葉が繰り返し響いていた。「可愛らしい」なんて小動物や子どもに対して気軽な気持ちで使う言葉で、セドリックにとって深い意味なんてないことくらいわかっている。けれど、経験値の低いわたしの心を揺さぶるには十分で、頬はさらに熱を持ち、胸の鼓動は早まってしまう。

「この店で合っているだろうか？」

セドリックにエスコートされ、気付けば目当ての店は目の前にあった。わたしが頷《うなず》くとセドリックは扉を開け店内に入る。するとすぐにバターの香りが鼻腔《びこう》をくすぐった。

天井は高く、大通りに面した窓は大きく取られ、日光が降り注ぐ店内は白壁のおかげでさらに明るく感じる。趣味の良いテーブルセットは余裕を持って配置され、そこには何人かの顔見知りの貴族が座っていた。

こちらに不躾《ぶしつけ》な視線を向けてくるが、わたしたちには後ろ暗いことなんて何もない。堂々と案内された窓際の席に腰を下ろすと早速メニューを広げた。円満アピールが目的の来訪ではあるが、話題のカフェを単純に楽しみたいという気持ちもある。

「んー、チーズテリーヌも美味しそうだし、アップルパイも捨てがたいわ。でもバターの良さを感じるにはやっぱりバターケーキが一番よね……」

真剣な表情でメニューに向き合うわたしを、セドリックはくつくつと肩を震わせて笑った。

「あ、ごめんなさい。わたしったら恥ずかしい……」

「いや、気にしないでいい。しっかり者のソフィアの年相応な一面が見えて良かったよ。もし良かったら気になる二つを注文して、わたしの分も食べるといい」

「そんなことできませんわ。あっ、好きなケーキの盛り合わせもできるみたい！　このお店、選びきれない乙女心をよくわかっていますね」

心の声が漏れてしまった恥ずかしさを紛らわすように、早口に長文を喋りたてるわたしを見て、セドリックはまた肩を震わせている。

結局わたしは悩んでいた三つのケーキの盛り合わせを、セドリックはシンプルなチーズケーキを選んだ。

「なかなか美味《うま》いな。さすがローゼン伯爵領産のチーズだな！」

「本当に！　素材の良さが活《い》かされていてとても美味しいです。ふふっ、みんなにお土産を買って帰ろうかしら。きっと喜ぶわ」

美味しい食べ物というのは人の気持ちを優しくさせる。周りにいる貴族たちが、こそこそとこちらを窺《うかが》うように見ているのも、その視線が好意的なものばかりでないのも気付いている。だがそれさえも凌駕《りょうが》する美味しさと、地元自慢のバターやチーズの良さが引き立つケーキに、わたしは満面の笑みを浮かべた。

カフェの後は大通り沿いのお店を見て回った。

もうすぐ社交のシーズンが終わるとローゼン伯爵領に戻らねばならない。わたしは学生時代からお気に入りの文具店で便箋を購入すると、手紙を送り合うことをセドリックと約束した。

その後もシーズンオフを迎えるまで、わたしたちは何度か街歩きを共にした。セドリックは見た目とは裏腹に甘い物が好きで、王都の美味しいカフェもよく知っているし、店員に対する物腰は柔らかで貴族特有の高圧的なところもない。

外国の話から店先に並ぶ花々の花言葉まで網羅する幅広い知識は、どれだけ話していても飽きることはない。かといってベラベラとよく喋る男というわけでもなく、取り留めのない話でも目を見ながら楽しそうに聞いてくれる。

いつの間にかわたしは、セドリックと過ごす時間を待ち遠しく思うようになっていた。

社交シーズンが終わり、ローゼン伯爵領に戻ったわたしは自室の窓際で物思いに耽《ふけ》っていた。季節は冬を迎え、遠くに見える山々の頂には白く雪が積もっている。

――今頃王宮で働いている頃かしら？　王都はここよりも随分と冷えるから体調を崩していないか心配だわ。

頭の中はセドリックのことばかり。会えない時間が気持ちを育てる、とはよく言ったものだ。遠く離れたことでより一層、セドリックのことを考える時間が増えていた。

一緒に買った便箋はとうに使い切ってしまい、近くの街で新しいものを調達してきた。

「はぁ……」

気付けばため息が零れる。

この冬が終わる頃、わたしはセドリックと結婚する。そうすればこの領地に戻ることはそう多くはないだろう。

自分が生まれ育った街を離れる寂しさはもちろんあるが、このため息は望郷の念を募らせて出たものではない。社交シーズンが終わり帰郷する直前に、平民に扮《ふん》してセドリックと街歩きをした楽しかった一日が不意に思い出されたせいだ。

シーズンオフになり続々と貴族たちが自分たちの領地に戻っていく中、わたしは両親にお願いして少しだけ帰郷を遅らせてもらった。平民に扮してセドリックと過ごしたいと正直に理由を話せば、両親は快く承諾してくれたのだ。

「おっ！　よく似合っているじゃないか」

兄がニヤニヤと悪そうな笑顔で近づいてくる。

自分でも質素な木綿のワンピースを着た姿があまりに馴染んでいるので、生まれたときから平民だったかしら？　と思ってしまうほどだったが、兄にそう言われると何とも腹立たしい気分になる。

「……ありがとうございます」

愛想なくぶっきらぼうにそう応えると、兄は宥《なだ》めるように頭を撫でてくる。

「おいおい、そんな顔するなよ。もうすぐセドリック卿が来られる時間だろう？　ほら、笑え笑え」

「わかっているなら不機嫌になるようなこと言わないで」

「あー、もう悪かったって。ソフィアはどんな服でも着こなすなって意味で言ったんだ」

「どうだか……」

そんなたわいもない兄妹喧嘩《げんか》をエントランスで繰り広げていると、扉をノックする音が聞こえた。わたしは扉に駆け寄り、勢いよく開けると、目の前には洗いざらしのシャツとベージュのズボンというシンプルな出で立ちのセドリックが立っていた。いつも綺麗《きれい》に整えられている髪は無造作に下ろされ、それだけでなんだか色気が増している気がする。

ごくありふれた服を着ていても、セドリックから滲《にじ》み出る高貴なオーラは全く隠せていない。生まれ持ったものの違いをまざまざと見せつけられ苦笑いを浮かべていると、セドリックはふっと優しく微笑んだ。

「ソフィア、今日の服もよく似合っている」

横にいる兄が吹き出しそうになるのを必死に堪えているのが見える。セドリックに悪意なんてないのだろう。純粋な瞳で優しげに微笑まれてしまえば反論することなんてできやしない。これなら悪意があった方が幾分かマシだ。

「あ、ありがとうございます」

引き攣《つ》った笑顔がバレないように、わたしはそそくさとセドリックの横に立つと、早く行きましょうと言うように腕に手をかけた。いまだにニタニタと笑っている兄に顔を向けると、セドリックにバレないようキッと睨《にら》みつけた。

「くくっ、セドリック卿、愚妹をよろしくお願いします」

「……？　あぁ、大切な妹君をしばらくお借りするよ。暗くなる前には送り届けよう」

侯爵家の紋章がついていない、いつもより質素な馬車に乗り込むと、セドリックは「なんでマクシム卿はあんなに笑っていたんだ？」と不思議そうにしていたが、「さぁ？　わたしにもさっぱり」と白々しくはぐらかした。

そんな微妙な気分の中スタートした平民姿での街歩きだったが、もやもやした気分なんてすぐに吹き飛ぶほど、あっという間の楽しい時間だった。

「うっ！　からっ……」

香辛料の良い匂いに惹《ひ》きつけられ屋台で買ったピリ辛の串焼きは、想像以上にスパイシーで舌がヒリヒリする。

「大丈夫か？　何か飲み物を買ってこよう。少しだけこれを持っていてくれ」

「申し訳ありません。ありがとうございます」

セドリックは自分が選んだシンプルな味付けの串焼きをわたしに渡すと、すぐに屋台へ向かって走り出した。

ちなみに馬車には変装用の帽子が置いてあり、それを目深に被ったセドリックは、なんとか滲み出るオーラを半分くらいは隠せている。

「この果実水でいいだろうか？」

「はい、助かりました。これ、とてもスパイシーですが美味しいですよ。良かったらセドリックも食べてみますか？」

一口かじった串焼きなんて嫌がられるかな？　と少々不安に思いながらも差し出すと、セドリックは何の躊躇いもなく受け取った。

「あぁ、ありがとう。…………うん、確かにスパイシーだがエールによく合いそうだ。わたしはこっちの方が好きかもしれない。交換しようか？」

「いいんですか？　良かった！　全部食べ切る自信がなかったので安心しました」

酪農が盛んな場所で生まれ育った者として、食べ物を粗末にするなんてポリシーに反する。食べ残さないで済んだことにホッとする。

「そういえば、屋台での買い物も慣れていたように見えたが、ソフィアはよく買い食いをしているのか？」

「まさか！　貴族令嬢としてはそんなこと許されませんわ。学生時代に友人たちと今日みたいに変装したときくらいです」

「ほう？」

「町娘風とか商家の娘風とかテーマを決めてみんなで変装するんです。……もしかして呆《あき》れられましたか？」

「いやいや、若いときはいろいろと突飛な発想をするもんだ。楽しそうでいいじゃないか」

「けど、セドリックはこんなばかな真似なんてしたことないでしょう？」

「ソフィアはわたしを聖人かなにかのように話すときがあるが、わたしも普通の男だ。若いときはいろいろやったさ」

「そうなんですか？　全く想像ができません。お伺いしても？」

セドリックは一瞬渋い顔をしたが、「ソフィアこそ呆れないでくれよ」と言うと、懐かしそうに目を細めて昔話を始めた。

「あれは十八歳になったばかりの頃だったかな。大人たちの会話で聞いたカジノの話がひどく気になってな。友人たちと、それこそ親世代が着るような服を着て、なめられないよう精一杯大人のふりをしてカジノに行ったんだ」

「まぁ！　それでどうなったのですか？」

「自分たちではうまく変装できていると思ったんだが、百戦錬磨の常連客からしたらバレバレだったんだろうな。いい鴨《かも》にされて、有り金を根こそぎ持っていかれたよ」

「ふふっ、それは災難でしたね」

「あぁ。そこで終われば良かったんだが親にもバレてしまってな。こっぴどく叱られて、それからカジノには近づいていないな」

「それが賢明な判断かもしれませんね。セドリックには賭け事よりも投資の方が向いている気がしますわ」

　人を欺くとか駆け引きとか苦手そうなセドリックはカジノに向いていないだろう。こんなに有能な人なのに、本人が自分の適性のなさに気付いてないのがなんだか可笑《おか》しい。

　その後、串焼きを食べ終えたわたしたちは、広場にいた大道芸を鑑賞して投げ銭をしたり、裏通りにいる露天商の怪しげな商品を覗いてみたり、街の片隅にある食堂の想像以上の美味しさに目を見合わせて驚いたり、円満アピールとか面倒なことなんて一切考えない、ただただ楽しい時間を過ごした。

だがそんな楽しい時間はあっという間に過ぎてしまう。セドリックは兄に約束した通り、暗くなる前に屋敷に送り届けてくれたが、今日が終われば次に会うのは春の結婚式になると思うと、わたしは名残惜しさを感じていた。

「また、王都に戻ってきたらお出掛けしてくださいますか？」

「もちろんだ。そのときわたしたちは夫婦になっているんだな」

「夫婦……そうですわね。ふふっ、まだ全然実感はありませんが春には夫婦なんですね」

「あぁ。春には同じ屋敷で暮らすから、こうやって家まで送り届けるのも今日が最後かもしれんな」

「言われてみればそうですわね。わたし、今日の楽しかった一日を一生忘れないようにしますわ」

「ははっ、約束だぞ」

そう言って朗らかに笑ったセドリックの顔が脳裏をよぎる。あの日から三カ月。わたしはセドリックの面影を求めるように、三カ月の間に溜《た》まった手紙を読み返すことにした。

「会いたいなぁ……」

無意識に出た言葉に自分自身が驚いた。「会いたい」だなんてまるで恋をしている乙女のセリフじゃないか。もしかしてわたしはセドリックに恋をしているのだろうか？　だがそう考えるや否や、わたしはすぐに頭を振った。

いや、違う。この感情は「好き」だという感情ではない。実際には恋などしたことなんてないから正解はわからないが、今セドリックに抱いている感情を言葉に表すと、尊敬、信頼、安心、といったものだ。共に過ごす時間は確かに楽しいが、そこに恋人のような甘いものはないのだからやはり恋ではないのだろう。

けれど政略結婚の相手にそんな感情を抱けたことが嬉しい。これならきっと良い夫婦になっていけると自信を持って言える。もしかしたら愛し愛される関係にだっていつかはなれるかもしれない。

「やっぱり間違いじゃなかったわ」

以前兄に「お前は何もわかっていない」と嘆かれたが、そんなことなかった。今はセドリックとの結婚生活を楽しみとさえ思っているというのに、兄は何を心配してあんなことを言ったのだろう。兄の真意はわからないが、わたしは自分の選択を信じて疑わなかった。

「さてと、リングピローの仕上げでもしちゃおうかしら」

ナイトテーブルに置いた籠には間もなく完成するリングピローと裁縫道具が入っている。わたしはその籠を持つといそいそと暖炉前のソファに座った。

〈4〉

シーズンが始まる前、まだ王都に貴族たちが戻ってくる前に挙げられた結婚式は近親者のみの簡素なものだった。

侯爵夫妻からは「女の子にとって結婚式は特別なものだし、あなたは初めての結婚なのだから盛大にやればいいのに」と言われたし、セドリックからも「ソフィアの望むままにしていい」と言われていたが、わたしはこれで正解だったと思う。

本音を言えば、結婚式に思い入れがなかったと言えば嘘になる。九年前、まだ十一歳だった頃に参列した王太子の結婚式。深紅のバージンロードを、精緻なレースが施されたロングトレーンを引いて歩く王太子妃の神々しさ、皆に祝福され微笑まれたときのあの美しさは、幼心に焼き付いている。いつかは自分もあんな結婚式を挙げるのだと、幼い頃の自分はそう思っていた。

もし愛し愛される二人だったなら。外国の最高級の布を仕入れてドレスを仕立て、王都で最大の収容人数を誇る教会でみんなから祝福される結婚式を望んだかもしれない。

だけどこの関係は違う。みんなから祝福されてもどんな顔をすればよいかわからないし、そもそもどれだけの人がこの結婚を祝福しているのか。

それならばと、これからの社交界での立ち位置を考え、これが最良の選択なのだと判断した。つまりは夢よりも現実を取ったのだ。

それでも目立たないリングピローであれば難癖をつける者もいないだろうと、それほど得意でない裁縫に四苦八苦しながらも手作りしたのは、諦めきれない結婚式への憧れのせいだったのかもしれない。

いまだに社交界にはエウクラス神話になぞらえられた二人の残像が色濃く残っている。パトリシアさまが亡くなったことで逆に物語性が増し、涙なしでは語れない悲恋として広まっているのだ。

当時はまだ未成年で実際の二人を見たこともない令嬢たちからさえも憧れの対象になっている中で、再婚相手のわたしなど、二人の美しい純愛を切り裂く悪女でしかない。そんな女がばかみたいに浮かれた結婚式を挙げたところで、社交界での立ち位置を悪くするだけだ。

わたしの立ち位置は昔と変わらず、エウクラスの二人に憧れるファンの一人だ。セドリックと結婚したとしてもパトリシアさまの場所にわたしが入るわけではない。

後継を望むジュラバル侯爵家、ひいてはセドリックのために嫁に入る条件の合う後妻。ただそれだけだ。

今から初夜だ。この国の多くの貴族たちと同様に、わたしたちの寝室は夫婦で分けられており、夫婦の営みをするときには夫が妻のもとを訪ねる形になる。

輿《こし》入《い》れまでそれほど時間はなかったはずなのに、わたしのために設《しつら》えられた部屋は驚くほどに好みに合っていた。

極薄いシェルピンクで統一された部屋は静謐《せいひつ》さの中にも女性的な柔らかさを感じられる。一目で高級品だとわかる調度品も趣味が良く、どこから情報を仕入れたのかわからないが、鳥好きのわたしのためだと思われる可愛らしい鳥の置物や絵画が品よく飾られていた。

母からは「閨《ねや》でのことは旦那さまにお任せすればよろしい」とだけしか教えてもらっていないが、結婚した友人たちから余すことなく知識は仕入れている。

初めてはとても痛むということ、身体が慣れると快感を拾えるようになるということ、経験の浅い男性は性技がおぼつかなく満足できないということ。

学生時代もませていた友人たちと房事について話すことはあった。そのときはみんな顔を赤らめながら、嫁いだ姉などから耳にした情報を恥ずかしそうに披露していたのに、それから数年して結婚すると、こうもあっけらかんと夫婦生活について語るのだな、と驚いたものだ。

そんなことを思い返していると、寝室のドアが控えめにノックされ、寝衣に身を包んだセドリックが現れた。

「遅くなってすまない」

湯浴みを済ませたセドリックの首筋には濡羽《ぬれば》色の髪がくっつき、シャツから覗く胸元は想像していたよりも逞《たくま》しい。少しやつれたと思った雰囲気さえ退廃的な色気に変わる。

対するわたしの装いは、上品なシルクのネグリジェだ。

目鼻立ちが派手だと言われることも多いわたしがいかにも初夜に着るような、布面積が少ないスケスケのベビードールなんて着れば、娼婦《しょうふ》のようにも見えかねない。

下品にならないように、かといって愛していない女でも抱きたくなる程度には挑発的なものを探し求めた結果が、身体にしっとりと沿い、年齢と共にそれなりに成長した曲線を際立たせてくれるこのネグリジェだった。

人よりも少し大きく成長した膨らみが見えそうで見えない、絶妙な深さのカッティングが施されたネグリジェは今夜のために悩みに悩んで選んだ自信の逸品である。

「いえ、大丈夫です」

腰掛けていた寝台から立ち上がってセドリックを迎え入れると、大きく入ったスリットが乱れ、白い太ももが露《あら》わになる。

「……ソフィアは酒は飲むだろうか？　よければ一杯付き合ってくれないか？」

先に鏡でネグリジェ姿を確認していたわたしは、これなら愛していない女相手であっても、セドリックはきちんと欲情してくれるだろう、という妙な自信があった。

パトリシアさまほど絶世の美女というわけではないが、客観的に見ればまずまずの合格点はもらえると思っていた。

だが部屋に入ってきたセドリックは胸元にも脚にも全く興味を示さず酒を勧めてくる。女としてのなけなしのプライドが少しばかり傷付いてしまう。

こんなことで今日の初夜は完遂できるのかしら？　セドリックの趣味がわからず無難なネグリジェにしてしまったけれど、次はもっと攻めた方がいいかしら？　そんな稚拙な考えが頭の中を駆け巡る。

「それほど強くはないんですが好きですよ。ご一緒させてください」

傷付いた表情など見せたら余計にセドリックは興醒《きょうざ》めするだろう。そんなものはさらっと和やかな笑顔で覆い隠してしまう。

先ほどはセドリックの色気にあてられ気付かなかったが、琥珀《こはく》色の蒸留酒と氷、グラスまで持ってきていたようだ。

近くにあったストールを羽織ると、窓際にあるソファで酒の準備をするセドリックの斜め向かいに腰掛ける。春の初めのまだまだ寒さの残る夜だが、暖炉のおかげで窓際でも寒さは感じない。

度数の高いお酒をちびちび飲みながら、学生時代の話やら家族の話やら、たわいもない話をしばらくしていると、セドリックは不意に真っ直ぐな瞳でわたしを見つめてきた。

「これから初夜だが……本当に後悔しないか？」

こんな状況でも真面目な表情で確認してくるセドリックについ笑ってしまう。ここへきて「やっぱりやめます！」なんて言えるはずもないのに、それでも確認するセドリックはどこまでも誠実な男性なのだろうと思う。

「ふふっ。覚悟はできております。セドリックこそわたしがお相手でよろしいのですか？」

度数の高い酒のせいなのか、つい少し揶揄うような口調になってしまう。

セドリックは注《つ》ぎ足したばかりのグラスを持ち上げると、一気にくいっとあおるようにして飲み干した。そしておもむろに立ち上がると、わたしの座る二人がけのソファに移動し、触れるだけの口付けを落とした。

角度を変え何度も何度も重ねられる唇は冷たくて柔らかい。しばらくすると唇がトントンと舌でノックされ、その意図を理解したわたしが唇を薄く開くと、セドリックの熱を持った分厚い舌が一気に捻《ね》じ込まれた。

歯列を丁寧になぞり、上顎をねっとりと舐《な》め上げられると、これまで出したこともないような、なんとも甘ったるい声が漏れ出てしまう。

「んんっ……」

思わず変な声が出てしまった恥ずかしさから、セドリックの胸を押し唇を離した。だがそれが次の段階を促したように思われたのかもしれない。

「……寝台へ連れていっても？」

セドリックは罪深いほどの色気を漂わせながら、上目遣いでわたしの言葉を待っている。

翻弄されたわたしは何も言えず、ただコクコクと頷くことしかできない。

抱きかかえたわたしを寝台に優しく下ろしたセドリックは、もう一度唇を重ねた。いとも簡単に口内に入ってきた舌は、奥の方で戸惑い縮こまっているわたしの舌を絡め取る。

口付けをするときは目を閉じるもの、という友人の教えを忠実に守っていたわたしは、セドリックが今どんな表情をしているかわからない。ただ、視界を失ったことで、絡み合う舌の粘ついた水音や、与えられる僅かな刺激さえ敏感に感じ取ってしまう。情欲は少しずつ、だが確実に高められていく。

耳元を優しく撫でられながら、下唇を喰《は》まれ、舌を丁寧に吸い上げられると、全身にじわりじわりと熱が走る。口付けをしているのに、どうしてか脚の間がじっとりと湿り気を帯びてきていた。

初めての感覚に思わず太ももを擦り合わせると、セドリックの唇が首筋、そして鎖骨にとゆっくり這《は》うように下りてくる。その動きに合わせるように身に纏っていたシルクのネグリジェは肌を滑るようにストンと落とされた。

セドリックの手が撫でるようにそっと胸の膨らみを下から優しく揉《も》み上げる。セドリックの大きな手でも少し余るくらいのそれは手の中でやわやわと形を変え、じきにその膨らみの先端が赤らみぷっくりと芯を持つ。

「んっ……！」

不意にセドリックの指がその先端に触れると、これまで感じたことのない痺《しび》れが走る。恥ずかしさと未知の感覚への恐怖とで思わず目をぎゅっと強く瞑《つぶ》ってしまう。けれど、指で弾《はじ》くように刺激を受けてしまえば、手でいくら口を押さえていても、鼻にかかった小さな嬌声《きょうせい》を抑えることはできない。

「んぁっ！　……んっ……だめ……」

突然、逆側の先端が生温かいものに包まれ、何事かと目を開け下を見てみると、あろうことか赤子のように先端を口に含むセドリックと目が合ってしまった。

目を合わせながら、コロコロと転がしたり、喰んだりする姿はさながら神話に出てくる性愛の男神のようだ。

「……んぁ……あっあっ……」

少しずつ先端を嬲《なぶ》る力が強くなっていき、歯を立てカリッと甘噛《あまが》みされてしまえば、たまらず大きな嬌声をあげ身体を捩《よじ》ってしまう。

もっとしてほしい……そう思う半面、なんて淫らな姿を晒してしまっているのだろう、という恥ずかしさから、たまらず両手で顔を覆い隠す。

「……大丈夫だから。声が出るのも普通のことだから恥ずかしがらないでいい。力を抜いてわたしに委ねてほしい」

宥めるように頭を撫でてくれるセドリックの手は温かく安心感に包まれる。

これが普通のことなのかはわからないが、確かに与えられる刺激に抗《あらが》うよりも、全て委ねてしまった方が楽かもしれない。

頷いたわたしを確認したセドリックは少し微笑んだのか口角をあげ、そして軽く口付けると徐々に下に降りていく。もう一度胸を……と思いきや、そのまま膨らみを通過し、みぞおちから臍《へそ》、横腹、そして太ももへと次々と口付けを落としていく。その口付け一つひとつに身体は律儀に反応してしまう。

「感じやすいんだな……」

ひとりごとのように呟かれた言葉に、羞恥で頭が沸騰しそうだ。

羞恥、快楽、戸惑いといったものが頭の中を埋め尽くしている間に、いつの間にかサイドの頼りないリボンだけで結ばれていた総レースのショーツは解かれ、脚の間にセドリックの顔が埋められていた。

未知の刺激を受け続けて、そこはもうどろどろにぬかるんでおり、女の匂いを発している。

はしたない女と思われたら……微かに残る理性が脚を閉じようとするが、脚は既にセドリックに抱え込まれ微動だにできない。

「いや、だめです……そんなとこ汚い……」

「全然汚くなんかない。大丈夫だから……少しでも痛みを和らげるには必要なことだから、力を抜いて」

言われた通りに力を抜こうとするが、初めて知る刺激が与えられる度、身体がピクッピクッと硬直してしまう。

あわいを優しく撫でられ、秘裂を丁寧に熱い舌で舐め上げられるとグチュグチュと卑猥な音が聞こえてきて居た堪れない。

「も……もう……大丈夫ですから……」

「いや、まだだ。これから女性が一番感じる部分に触れる。最初は驚くと思うけどそのうち悦《よ》くなるから」

セドリックは手であわいを広げると、丹念に秘裂を舐め上げていた舌をその先の突起にそっと触れさせた。

「ああっ……！　んんー!!」

触れるか触れないかの優しいタッチなのに、身体中にビリビリと甘い痺れが走る。

「いやぁ……もう……」

これがセドリックの言う〝悦い〟ということなのかわからない。ただ、蜜はしとどに溢れ、腰が意思とは無関係に揺らめいてしまう。

柔らかな舌で上下に擦り、円を描くように撫で回されたかと思うと、今度は逆に舌先に力を入れチロチロと弾かれる。

徐々に高められていく快楽が降り積もり、甘ったるい嬌声はより大きくなる。わけのわからない快楽が限界を迎えそうになったとき、セドリックはチュウッとその秘芽を吸い上げた。

「あぁぁ――っ!!」

目の前が白く発光し、チカチカする。身体はビクンビクンと跳ね上がり、身体中が熱くなる。痴態を見せているという自覚はあるが、もはや自分の意思ではどうすることもできない。

脚は力なく広げられたまま、はぁはぁと息はまだ整わないのに、セドリックはいまだひくつく蜜道に指を差し込んできた。

「ん……あっ……待って……」

だがわたしの言葉とは裏腹に、既にドロドロのそこは僅かな抵抗を試みるだけで、初めての侵入者を容易《たやす》く受け入れる。

セドリックは指を一本から二本に増やしながら、中を探るようにそっとかき回す。腹側のザラザラした肉壁をさすり上げられると、これまでとは違うゾクゾクとしたような疼《うず》きを感じる。

「んっんっ……そこっ……あぁ……」

「……ここが悦いんだな」

そう言うと、手の動きはそのままに秘芽を口に含むと、吸いながら転がされる。先ほどの余韻を引きずる身体はいとも簡単に、次から次に与えられる快楽に溺れてしまう。

「だめっ……んんっ……もう……おかしくなる……」

一度目よりも大きな快楽の渦に飲み込まれたわたしは背中を仰《の》け反《ぞ》らせ、口は足りない空気を求めて開閉する。

もはや思考はドロドロに溶け、何も考えられない。朧《おぼろ》げな眼差しでセドリックに目を向けると、それまで着ていた寝衣をさらりと脱ぎ捨てている。

既に息も絶え絶えだが、これでお終《しま》いでないことは友人たちからの教えで知っている。

これからいよいよ繋がるのだと覚悟を決めるが、セドリックが下穿《したば》きを脱ぎ去ったところでその覚悟はいとも簡単に揺らぎ始めてしまった。

「え……？　それを……入れるのですか？」

普段の紳士的なセドリックのイメージとは似ても似つかない剛直は、血管が幾筋も浮かび上がり腹にも届かんばかりに隆々と勃ち上がっている。まさか本気であれを入れるのだろうか。友人たちに聞いていた大きさでもひどく驚いたのに、目の前に見えるそれは一回りも二回りも大きい。

「ん？　あぁ……最初はどうしても痛みを伴ってしまうと思う。すまない。できる限り優しくする」

セドリックはそれを手で支えると秘部にあてがい、ヌルヌルと秘口に撫でつけたかと思うと、ゆっくりとわたしの中に埋め込んできた。みちみちと開かれていく痛みは確かにあるが、十分すぎるほどに濡《ぬ》れているせいか我慢できる程度だ。

セドリックはあるところまで突き進むとひとつ息を吐いた。

「今から君を貫く。痛かったら背中に爪を立ててもいい。できるだけ力を抜いていてくれ」

「……はい」

そう言うと、セドリックは一気に剛直を最奥まで突き入れた。

「んくぅ……う……うぅん……」

覚悟していたとはいえあまりの衝撃で声さえ出ない。一瞬息が止まってしまうほどの痛みと熱さと質量。

セドリックは突き入れたまま動かさず、馴染むのを待っているようだ。額に粒のような汗が浮かび、熱い吐息を吐き出している。

意識して呼吸をするうちに張り裂けそうな痛みはじきに収まった。代わりにやってきたのは初めて知る感覚。身体の奥が切ないような、物足りないような感覚に、わたしは思わず身じろいだ。

「ん……」

セドリックからなんとも艶めかしい声が聞こえる。わたしの身体で気持ち良くなっているのだという悦《よろこ》びは、そのまま蜜道に直結しているようで、肉壁はキュウキュウとセドリックを締め付けた。

「く……すまない、少し動いてもいいだろうか？」

「えぇ……」

苦しげな表情さえ、壮絶な色香を感じさせる。

上気した身体、首筋を伝う汗、滑らかな肌、身体に響く低音の声、甘くほろ苦いアンバーの香り。その全てが疼きに変わる。

奥を突き上げない、ゆるゆると繰り返される抽送は、初めてのわたしを気遣ってのものだろう。わたしの感じるところを優しく探るような交わりは労《いたわ》りに満ちている。

わたしの身体はその労りのおかげか、処女であったことが嘘のように快感を拾いあげる。セドリックが腰を引く度に媚肉《びにく》は名残惜しそうに縋《すが》りつき、腰を押し込まれる度に悦び締め付けた。

そしてしばらくしてセドリックの吐き出した白濁を身体の奥に受け止めると、ようやく長かった初夜が終わったのだった。

その後セドリックは、夫の務めだから、と恥ずかしがるわたしを制止して身体を清拭《せいしき》し、まだ夜は冷えるから、と引き出しから清潔な寝衣、それも一切の露出のない保温性に優れたものを着せた。

先ほどまでの濃密な交わりに平静を取り戻せていないわたしはされるがままに世話を焼かれた。寝台に横たえられ、ふわりと軽い羽毛布団をかけられ、眠る準備は万端だ。けれど、セドリックは寝台横に立ったまま入ってくる様子がない。そっと布団から顔を覗かせ見上げたが、その瞬間わたしはすぐに視線を逸らした。僅かな灯《あか》りに照らし出されたセドリックの顔が、ひどく空虚なものだったからだ。

わたしの視線に気付かなかったセドリックは、「おやすみ」と小さな声で告げた。そして髪をそっと撫でるなり部屋から静かに出て行ったのだった。

身体は初めての経験にひどく疲れているのに、なぜか目が冴《さ》えてしまって、どうにも眠くならない。ただ一人残された部屋で、暖炉の薪《まき》がパチパチと燃える音だけがやけに耳につく。

丁寧な愛撫《あいぶ》を受け、しっかりと解《ほぐ》されたところでセドリックと繋がり、無事に初夜を終えることができた。

初めては痛いと聞いていたが、壊れ物を扱うかのように丁寧に解してくれたおかげで思っていたよりは痛くなかった。

聞いていたよりも随分とグロテスクで大きな男性器は、最初こそ気持ち良さよりも痛みをもたらしたけれど、徐々に快楽を拾えるようになったし、秘芽や秘部の浅いところを刺激されたときは何度も絶頂というものに達した。

セドリックは当たり前だがとても手慣れていたし、女の悦ぶところを隅々まで熟知していた。友人たちから聞いていた初夜と比べれば悪くない初夜だったと思う。

それなのに、この胸に去来する虚《むな》しさは一体何なのだろう。無事に義務を果たせたことは喜ばしいことのはずなのに、満たされないこの想いはどうしてだろう。

疲弊した身体を起こし、ヘッドボードにもたれかかる。そして友人たちとの会話の続きをふと思い出した。

初めてはとても痛んだけれど、ひとつになれた喜びに涙したと言っていた友人。相手も初めてでうまくできず、二人で四苦八苦した思い出を楽しそうに語った友人。破瓜《はか》の痛みで全く気持ち良くなかったが、心配した夫が朝まで抱きしめてくれたと惚気《のろけ》た友人。

綺麗な思い出でも、ロマンチックだったわけでもないのに、初夜を語るときの友人はどことなく幸せそうに見えた。

身体は清拭されさっぱりしており、隣には誰もいない。今夜が初夜だった形跡なんてシーツに残る乙女の証くらいのものだ。

わたしは今どんな顔をしているだろう。明日からは本格的にセドリックの妻としての生活が始まるというのに、周りに不幸せな顔なんて見せることはできない。この結婚に何の問題もないかのように微笑まなければならないのだ。

それならば、この空虚な気持ちの原因なんて考えない方がいい。突き詰めて考えたところで、不都合な真実が露わになるだけだろう。

　ふと窓辺に目を向けると、セドリックが置いていった蒸留酒がカーテンの隙間から差し込む月明かりにぼんやりと照らされているのが見えた。わたしは寝台から出ると、飲みかけだった蒸留酒をあおるように飲み込み、無理矢理《むりやり》に眠りについたのだった。

〈5〉

翌日、夜中にあおったお酒のせいか、少しばかりの頭痛を感じながら、温もりを感じないシーツの間に気怠《けだる》い身体を潜り込ませていると、寝室の扉をノックする音が聞こえた。

「アンベルでございます。お目覚めでしたら中に入ってもよろしいでしょうか？」

わたしに充てがわれた侯爵家の侍女だ。

「ええ、構わないわ」

少し枯れた声で許可を出すと音も立てず寝台に近づいてくる。

「今朝はごゆっくりしていただくように旦那さまから仰せつかっておりますが、お昼になりましたので、軽食と冷たいお飲み物を数種お持ちいたしました」

「ありがとう。いただくわ」

仕事のできる侍女だ。飲み物を選ぶと、無駄な動きもなく粛々と準備を整えていく。

さすがセドリック直々に「仕事も正確で、侯爵家への忠誠心も高いからソフィアの専属侍女にいいと思うんだ」と紹介されただけのことはある。侍女頭で、年齢は両親より少し上くらいだろうか。白髪混じりの焦げ茶色の髪を、きっちりひとつにまとめている。

「セドリックは？」

「旦那さまはいつも通りご出仕されています」

結婚式の翌朝から働くなんて勤勉な人なのだな、と思っていると、

「前回は結婚式のあと一週間はお休みを取られたのですが……」

と、思いっきり余計な情報をあえて伝えてくる。

「こんなに〝条件に合った〟奥様を大切になさらないなんて……まぁ、それも仕方のないことかもしれませんね。どうか奥様、気を落とされませんよう」

全く憐《あわ》れんでいる様子もなく、むしろ機嫌良さげに果実水を差し出してくる。

「そう……ねぇ……」

想像していた通り、アンベルはわたしを歓迎していない。おそらく他の使用人たちも同様だろう。昨日の顔合わせのときの表情を見れば簡単にわかることだ。男性はそういった微妙な違いに気付くのは苦手らしいが。

外見も内面も素晴らしいパトリシアさまに仕えていた人たちだ。わたしが憧れていたのと同じように、使用人たちもパトリシアさまに心酔していたのだろう。パトリシアさまの場所を奪う女をすぐに受け入れることができないことは、心情的に理解できなくもない。

ただ、それとこれとは話が別だ。

この無礼な態度を理解できても許容するつもりなど毛頭ない。侯爵夫妻、そしてセドリックに望まれてここにいるわたしを、わざわざ傷付けようとする言動は間違っている。まずはその歪《ゆが》んだ忠誠心を正さねばならない。

「あなたは侯爵家への忠誠心が高いってセドリックが褒めていたわ」

「まぁ！　それは大変嬉しいお言葉でございます。忠誠心は誰にも負けない自信がありますわ」

アンベルは鼻息荒く胸を張ると自信に満ちた目でこちらを見ている。

「忠誠心の高いあなたなら、お義父さま、お義母さまが今最も望まれているものもわかるわよねぇ？」

「もちろんわかります。お子でございましょう」

「えぇ、正解よ。条件に合った女性……そうわたしのことね。わたしとセドリックの子を望んでいらっしゃるわ」

「……その通りでございます」

「あなたのその言動はわたしを侯爵家から追い出したいの？　それともストレスで子を流させたい？　それともただの憂さ晴らしかしら？」

「えっ……ちがっ……」

「それがあなたの侯爵家への忠誠心の表し方と思ってもいいかしら？」

アンベルの顔からみるみる表情が抜け落ち、真っ青になっている。

「い……いえ……わたしは決してそんなつもりじゃ……」

「あなたは賢い女性だと聞いているけれど？　もし本当に何も意図せずあのような不快な言動をしたのなら、侯爵家の侍女として相応《ふさわ》しいとは思えないわ」

ガタガタと震え出し今にも泣き出しそうなアンベルを見て、ここらが潮時かと判断する。次のステップだ。

「あなたたちのパトリシアさまを想う心はわかるわ。わたしも一緒だもの」

慈しみ深い表情を浮かべてアンベルの手をそっと握る。

「奥……様……？」

「あんなに素晴らしい女性を忘れるなんて無理よね。だからあなたたちもセドリックもパトリシアさまを忘れる必要なんてないわ」

「…………」

「わたしもパトリシアさまの後釜になろうなんて思っていないの。パトリシアさまの思い出を壊したりもしないから安心してちょうだい」

鞭《むち》を加え、救いを求めているところへ赦《ゆる》しを与える。それは人間の心理に大きな影響を与える。

アンベルと友人関係になりたいのならこんなやり方は選ばないが、わたしはそんな関係を望んでいない。まずは主従関係をはっきりさせ、忠誠を尽くすべき相手と認識させることが目的だ。

「奥様……申し訳ございませんでした！　わたくしの思い違いで大変なご無礼を働いてしまいました！　どんな処罰でも受ける覚悟でございます」

アンベルのような真面目な人間は、一度信頼を得れば裏切ることはまずない。今回のことも亡きパトリシアさまへの歪んだ忠誠心ゆえのことだったのだろう。

それに使用人の中でも強い影響力を持っている侍女頭の彼女を手放すことはない。

「いいえ、あなたを処罰するつもりなんてないわ。思い違いだったと気付けたのなら、これからは正せるでしょう?」

「はい! これからは誠心誠意尽くして参ります!」

「ふふっ。頼りにしているわね。じゃあ、ちょっとまだ身体が怠いから横になりたいのだけど、明日は屋敷内を案内してくれるかしら?」

「もちろんでございます!」

アンベルは騎士のように右手を胸に当て快諾すると、来たときと同じように音も立てず部屋から出て行った。

「ふぅ………」

こんな舌戦、社交界で揉まれたわたしにとってなんてことないけれど、さすがに初夜の翌昼だったせいか疲れを感じる。

準備された軽食を手早く食べ終えると、そそくさとシーツの間に身体を捻じ込ませる。

身体は怠いが眠れそうにもなく、はしたなくゴロゴロと寝台を転がりながら思い出すのはまたしても昨夜のことだ。

アンベルに余計な話を聞かされたせいで、せっかくきつい酒をあおってまで考えないようにした努力は水の泡となり、わたしの思考はまたしても暗闇の中を彷徨《さまよ》う羽目になった。

昨夜、翻弄されながら見上げたセドリックの瞳には、労りの感情は見て取れたが、熱っぽさや欲情といった類《たぐい》のものは何も宿していなかった。

お酒をあんな風に飲まなければ行為に及べなかったのかもしれない。

パトリシアさまと比較してはならない。そのような関係を望んでいるわけじゃない。無事にわたしの中に子種を放つことができた。わたしたちの関係性ではそれで十分なはずだ。

そう思うのに、パトリシアさまのときは結婚休暇を取得していたという事実が、誰も側にいない冷たいシーツをより一層冷たく感じさせる。

愛のない結婚になることはわかっていたし、覚悟していたことだった。それでも、もしかしたら半年の婚約期間中に親交を深めたことで、心のどこかで期待してしまっていた部分があったのかもしれない。軽率に抱いてしまった期待のせいで、義務でする子作りがこんなにも虚しいものだと、痛いほど思い知らされる。

政略結婚なんて当たり前の貴族社会で、みんなうまいことやっているのだから、当然わたしも受け入れられるものだと甘く見ていた側面もあるだろう。幼い頃から政略結婚の覚悟をしてきた友人たちと、恋愛結婚が許されるローゼン伯爵家で育ったわたしの付け焼き刃の覚悟が、同じであるわけなんてないのに。

「はあぁぁ……」

つい大きなため息が出てしまう。頭痛も酷くなってきている気がする。そもそもセドリックだって覚悟が足りない。辛く悲しい出来事があったのはわかる。大切な人の死を乗り越えるのは簡単なことではないだろう。

けれど形だけのものでいいから、結婚休暇を取るなりして、周りに円満アピールくらいはしてほしかった。別に蜜月を過ごしてほしいわけじゃない。自室で仕事をしてくれて構わないから、わたしの立場をもっと考えてほしい。

この結婚で悲劇のヒーローでいられるセドリックは別にいいが、わたしは悪女として見られていることを本当に理解しているのだろうか。

「うぅ……なんだか辛気臭いわ。もーやめやめ！　一人でジメジメ思い悩んでも何も変わらないわ。これからのことを考えなくちゃ」

友人たちは政略であったとしても夫となる相手と婚約期間の数年をかけて、誠実で良好な関係を築く努力をしていた。わたしたちはまだ婚約して半年だ。婚約期間中にだいぶ近くなったと思っていた二人の距離は、わたしの独りよがりの思い違いだったようだが、まだまだ時間はある。これから時間をかけてわかり合っていく努力をすればいい。

目指すは〝信頼で結びつく夫婦〟だ。今晩セドリックが帰ってきたら思っていることをきちんと話さなければ。まだ何も築けていない二人の関係で察してもらおうなんて土台無理な話なのだから、言葉を尽くすしかないだろう。

わたしは冷たいベッドから抜け出し窓の側に立つと、降り注ぐ光の眩《まぶ》しさに目を細めた。春の温かな日光を身体に浴びると、少しだけ気持ちが軽くなる。

「大丈夫、きっとうまくいく」

そう自分に言い聞かせるように何度も呟くと、ぎゅっと目を瞑り、押し寄せる不安を払い除ける。

しばらくして気持ちに整理をつけたわたしがそっと目を開けると、窓には上手に作られた微笑みを浮かべた自分が映っていた。


翌日はアンベルに案内されながらタウンハウス内を見て回る。タウンハウスといえどもさすがは名門侯爵家だ。実家の伯爵家との違いに驚かされる。

塵《ちり》ひとつない廊下、磨き上げられた調度品、どこを見ても優秀な使用人たちが真面目に働いていることがわかる。

ただいくら仕事ぶりが優秀だからといって、性根まで優秀だとは限らない。

「条件だけで選ばれたくせに」

「パトリシアさまと比べて随分見劣りするわ」

「運命の二人を引き裂く悪女」

すれ違った使用人たちの一部が、故意に聞こえるように悪口を言ってくるのだ。

だがそのたびにアンベルが肩を震わせ怒っているのがわかったから、彼女たちの対処はアンベルに任せることにする。わたしの見立てではアンベルであれば早々にうまく手を打ってくれるはずだ。

それよりもわたしを困らせたのは、そこらじゅうに色濃く残るパトリシアさまの痕跡だった。

エントランスにある大理石の中央階段を登った先は踊り場が左右に広がっている。その両翼から折り返して二階に上がるのだが、どうにも不自然なのだ。

「アンベル、ここの壁紙は張り替えたのかしら？」

「あ……これはですね、その……」

「優しさは無用よ。気にせず本当のことを教えて」

アイボリーベースにゴールドやブロンズでダマスク柄が描かれている品の良い壁紙なのだが、どう見ても新しく張り替えられている。

その上、絵画などを飾るには格好の場所なのに、なぜだか何も飾られておらず、どう見ても物足りない雰囲気なのだ。

アンベルが言《い》い淀《よど》む様子からして、聞いて気分の良いものでないことは察しがつく。だが、これからこの屋敷で采配を振るうためにも理由くらい聞いておくべきだろう。

「……以前は旦那さまとパトリシアさまの自画像が飾られておりましたが、奥さまが輿入れなさるため外されました。壁紙が日焼けしておりましたので張り替えた次第です」

「そう……」

わたしのために取り外された夫婦の自画像。婚約から結婚まで半年という短い期間では、代替のちょうど良い絵画を見つけられなかったのかもしれない。

この他にもパトリシアさまの思い出を見えないようにしてくれている配慮は至るところに見受けられた。しかし、それでもなお隠しきれない痕跡をいくつも発見してしまう。

「彼は甘いものが好きだったパトリシアさまのために、旦那さまが呼び寄せた菓子職人です」

「この庭園はパトリシアさまのお好きな花を集めて旦那さまが造られました」

「読書がご趣味だったパトリシアさまのために、旦那さまが国内外から本をたくさん集められた図書室です。奥様もぜひお使いくださいい」

悪意からではない言葉の数々が少しずつわたしの心を抉《えぐ》っていく。

パトリシアさまの光が強いほど、わたしに落ちる影は濃くなる。そしてとある一室を前にしたアンベルは一段と気まずそうな表情を見せた。

「こちらは旦那さまとパトリシアさまがお使いになられていたお部屋です。その……旦那さまからそのままにしておくようにご指示がありまして……。パトリシアさまのことを忘れる必要はないとおっしゃいましたが、さすがに奥さまにとって気分が良いものではないでしょうし、入られない方がよろしいかと思います……」

この屋敷の東南に位置するこの部屋は、朝は優しい日差しが降り注ぎ、先ほどのセドリックがパトリシアさまのために造り上げた美しい庭園もよく見えそうな場所だ。

深く考えなくとも、この屋敷で一番心地よい部屋である。わたしに用意された部屋もとても良い部屋ではあるが、ダイニングやサロンからやけに離れている理由がわかってしまった。

そしてもうひとつ。アンベルは〝旦那さまとパトリシアさまの部屋〟だと言った。それはつまり二人は閨を共にする以外でも同じ部屋で過ごしていたということだろう。

一瞬、物寂しさを覚えた自分に自嘲の笑みが零れてしまう。ずっと憧れていたエウクラス神話の二人は、真に想い合っていたのだろう。社交界でうまくやっていくために、円満な関係性をわざわざ見せつけているわたしたちとはまるで違う。けれどそれでいいはずなのだ。憧れていた二人が、見せかけの愛ではなく、真の愛で結ばれていた。その事実は喜ぶべきものであるはずだ。

それなのにどうしてか胸が苦しい。これからわたしたちは二人の夫婦の形を作っていくのだ、とどんなに自分に言い聞かせていても、自分の意思ではどうにもならない心の痛みはどうすることもできない。気を抜けば一気に暗闇に引きずり込まれそうになる心を、理性で無理矢理に引っ張り上げ、必死に抗う。

昨晩セドリックは帰宅するなり結婚休暇を取らなかったことを自ら謝罪してくれたではないか。わたしの嫁いだ覚悟を蔑《ないがし》ろにしてしまったと真摯に頭を下げるセドリックとなら、きっとこれから良い夫婦関係を築いていけると思ったばかりではないか。

パトリシアさまの形跡をいちいち気にしていたのではこの屋敷ではやっていけない。全てを排除するわけにもいかないし、昨日アンベルにパトリシアさまとの思い出を壊すことはしない、と宣言したばかりだ。過去はどう足掻《あが》いても変えることはできない。それならばいっそ全てを受け入れてしまえばいい。そうすれば美味しいお菓子も、美しい庭園も楽しめるはずだ。

理性が感情に負けないように何度も何度も言い聞かせ、自分を納得させる。まだ嫁いで二日目なのだ。これから使用人たちとも新しい関係を築いていけばいいし、わたしはわたしのやり方でこの屋敷で自分の居場所を作っていけばいい。

そう覚悟が決まれば、昨晩から続いていた陰鬱な気分がようやく落ち着いてくる。部屋に戻ったわたしは大きく伸びをした。

「……まずは家政を学びましょうか」

きっと暇だから余計なことを考えてしまうのだ。何も考えなくて済むくらい忙しく過ごせばいい。そう思い至ったわたしは家令について家政を学んだ。さすがに名門侯爵家とあって覚えることは数限りなくあった。だがこれ幸いと熱心に取り組むうちに、じきに屋敷内のことは一通りこなせるようになった。このことはわたしにひとつの大きな自信を与えただけでなく、周りの使用人たちの意識にも影響を与えたようだった。

それにセドリックは婚約期間中と変わらず、公休日にはできる限りわたしと過ごし、常に良きパートナーになる努力をしてくれている。主人自ら『大切に』する姿を見せ、わたし自身も良き妻であろうと努力すれば、大半の使用人たちはじきに態度を改めるようになった。

セドリックと過ごす時間は楽しく、ついこれが政略結婚だということを忘れそうになる。だけどいつかは愛し愛される関係に……なんて愚かな期待なんてもうしない。婚約期間中に軽率に期待なんて抱いてしまったばっかりに、初夜の後にあんな陰鬱な気持ちを抱えることになったのだ。期待なんてしなければ惨めな気持ちになることもない。わたしたち二人の目指すべき夫婦の形は〝信頼で結びつく夫婦〟だ。

閨も子を成しやすい間だけ共にするという話もあったが、セドリックがどこかから仕入れてきた情報で、常日頃から関係を持っていた方が子を成しやすいということで定期的に閨も共にしている。

初夜のときと変わらず瞳に熱を感じないし、朝まで共に過ごすことはないが、最近では一晩に二回も子種を放つこともあるし、情事のあとは優しく抱きしめてくれるようにもなった。大切にされている実感だってある。

わたしは次第にこの穏やかな日々に幸せを感じるようになっていった。

結婚して半年が過ぎ、使用人たちの悪感情も薄れ、平穏な日々を過ごすようになってきた頃。わたしは今さらになって小さな嫌がらせを受けるようになった。

始まりは些細《ささい》なものだった。ある日わたし自らエントランスホールにある花瓶に花を生けたのだが、数時間後に通りかかったときには、その美しい花々が無惨にも引きちぎられた姿で下に落ちていたのだ。

「誰がこんなことを！　旦那さまが帰られたらすぐに報告いたしましょう」

アンベルは顔を真っ赤にしながら、引きちぎられた花を悔しげに拾い上げた。

「いいえ、まだ報告しなくていいわ。セドリックはお仕事で大変でしょうし、しばらく様子を見ましょう」

「……かしこまりました。ですがもし今後エスカレートすることがありましたら、旦那さまにはお話になった方がよろしいかと」

「そうね……あまり手を煩わせたくないのだけど。それにしても花には何の罪もないのに酷いことをするわ。このまま捨てるのはかわいそうだし……今日のお風呂に入れてくれるかしら？」

その夜、花びらの浮いた湯船に浸《つ》かりながら、わたしは何度目かのため息をついていた。

実のところ誰がやったのかはある程度検討がついている。悪意の眼差しを隠そうとしても、そんなものは社交界で慣れているわたしにとって隠し切れるものではない。一番可能性が高いのはメラニー……パトリシアさまの侍女をしていた女性だろう。だけど証拠もないので、わたしの思い違いかもしれないし、そもそもセドリックに訴えたところで、パトリシアさまの侍女だったメラニーとわたしのどちらを信じてくれるのかわからなかった。

訴えるなら確実な証拠がなくてはならないし、まだ実害があるわけでもない。もう少し様子見をしようと思ったのだが、相手はわたしが何も訴え出ないのをいいことに、嫌がらせの頻度を増やしてきたのだ。それも些末なことばかりだったし、証拠集めのため目を瞑っていたのだが、ある日決定的な事件が起きてしまった。

わたしが外出から帰ってくると、部屋に飾ってあった絵画がナイフのようなもので切り裂かれていたのだ。

「……なんてこと」

アンベルは絵画の前で絶句し、ワナワナと身体を震わせていた。わたしが鳥好きということを知ったセドリックが輿入れ前にわざわざ用意してくれた絵は、ちょうど鳥が描かれている部分を切り裂かれていた。

「キャアーッ!!」

室内用のドレスをクローゼットに取りに行った侍女の突然の叫び声が響き渡る。急いで駆けつけると、ヘタリと座り込んだ侍女が震えながら指差した方向にあったのは、切り刻まれたウエディングドレスだった。

さすがのわたしもこれには恐怖を抱かざるを得なかった。エスカレートした嫌がらせの次の標的はわたし自身かもしれない。それにここまで大きな騒ぎになってしまえばセドリックに黙っていることはできない。セドリックが帰宅すると晩餐の前に執務室で報告をすることになった。

アンベルを連れて執務室に入ると、切り刻まれたドレスはトルソーに着せられ、応接テーブルの上には絵画と中綿が飛び出たリングピローが置かれていた。リングピローは厨房《ちゅうぼう》のゴミ箱から見つかったらしい。

ある程度の経緯を家令から聞かされていたセドリックはソファで頭を抱え項垂れていた。

「すまない……こんなことになっていたなんて。いつからなんだ?」

「……少し前です。わたしの力不足で解決できなくて申し訳ありません。証拠が集まれば報告しようと思っていたのですが……」

以前、結婚当初に使用人たちから陰口を叩かれていたことを知ったセドリックが謝罪にきたときに、「屋敷のことはわたしにお任せになって、セドリックは仕事に集中なさって大丈夫」なんて大口を叩いていたのだ。うまくやっているつもりだったが、こんな結果になってしまい失望されたかもしれない。

「ソフィアが謝る必要なんて全くないだろう。こんな姑息《こそく》なことをする者がいるなんて……。それで、証拠は集まったのか？」

「……………」

「ソフィアは賢い。ある程度目星がついているんじゃないのか？」

「憶測で物を言うわけにはいきません」

「それは立派な心がけだが、これまでに手に入れた証拠とソフィアの考えを聞かせてほしい。犯人と決めつけるわけではない。あらゆる可能性を探るためだ」

証拠は完璧ではないがある。嫌がらせが起きた日と使用人たちの出勤表を照らし合わせると該当者は随分と限られる。その中でわたしの自室周辺にいても違和感のない人物となるとごく僅かだ。その中には予想通りメラニーも含まれている。

だが、これを言ったところでセドリックはわたしの言葉を信じてくれるだろうか？　パトリシアさまの側近であるメラニーと過ごした時間の方が長いのだ。それにここで不確かなことを言って、もしメラニーでなかった場合、わたしはパトリシアさまを貶《おとし》めたと見られはしないだろうか？

「…………」

「……メラニーです」

悪い想像しか浮かんでこないわたしが何も言葉を発せないでいると、後ろに控えていたアンベルが小さな声で、だがはっきりと言い切った。

「メラニーの出勤日と奥さまが嫌がらせを受けた日は一致しております。他にも数名該当者はおりますが、洗濯婦や炊事婦は二階にいたら人目について目立つでしょうから、除外して良いかと思います」

「……そうか。ハウスメイドで他に一致する者はいないのか？」

「数名おります。ただ、ここからは奥さまの仰《おっしゃ》る通り憶測になりますが、長年侯爵家に仕えてきた者としてメラニーでないかと考えております」

「わかった。ソフィアも同じ考えなのか？」

「…………」

そうだと言えたらどんなに楽だろう。でもわたしにはそう言えるだけの勇気がまだ持てず、口をつぐんでしまう。

目の前にいるセドリックの感情は読み取れないが、深くため息をつくと前髪をグシャグシャと乱した。

「アルベール、メラニーを連れてきてくれ。話を聞こう」

セドリックは俯《うつむ》いたまま、後ろに控えていた侍従のアルベールにそう指示を出した。まもなく連れてこられたメラニーは、何で自分がここに連れてこられたのかさっぱりわからない、とでもいうような余裕の表情を浮かべていた。

「単刀直入に聞く。正直に話せ。この蛮行は君がしたことか？」

「いえ、旦那さま。わたくしではございません。濡《ぬ》れ衣《ぎぬ》でございます」

「犯人は数名に絞られている。無実を証明することはできるか？」

「それはできかねます。ですが信じてください。わたくしがそんなことをすると思われますか？」

メラニーは自信があるのだろう。証明する術《すべ》がなくともセドリックは信じてくれると。まるで疑われた自分が被害者であるかのような表情だ。

「わたしは他の使用人たちも同様に信じてやりたいと思っている。申し訳ないが身体検査を受けてくれ」

思っていたものとは違うセドリックの言葉に、メラニーは一瞬目を見開いたように見えたが、身体検査には素直に応じた。

「旦那さま、ナイフは所持していませんでした」

ジュラバル侯爵家では業務外の刃物の持ち込みは禁止されている。一介のハウスメイドならばせいぜい持っていてもペーパーナイフくらいだろうか。ドレスを引き裂くほどのナイフなど、到底許されるものではない。アルベールが眉間に皺《しわ》を寄せながら首を振る横で、メラニーは澄ました顔をしている。だが、次にセドリックの発した言葉で一気にその仮面が剥がれ落ちた。

「そうか。では部屋を捜索してこい」

執務室を飛び出していったアルベールの後ろ姿とセドリックを、メラニーはぎょっとした表情で交互に見た。その慌てふためき方は、どう見ても後ろめたいことがあるのは明白だ。だが、取り乱したメラニーはそこまで気が回っていないようだ。

「……旦那さま!?　そこまでなさらなくとも！　どうかわたくしを信じてください。奥様はパトリシアさま付きだったわたくしに濡れ衣を着せて追い出そうとされているんです！」

「わたしの妻に何という物言いだ！　ソフィアを悪し様《あざま》に言う者などこの屋敷には必要ない」

「そんな!!」

「それにだ、ソフィアは君の名を語ってなどいない」

メラニーは驚いた顔をすると、アンベルをキッと憎々しげに睨みつけた。

「アンベル！　よくもあなた……」

「メラニー、あなたはいい加減、奥さまが悪女なんかじゃないって認めるべきだったのよ」

「悪女よ！　旦那さまの隣はパトリシアさまだけのものよ。あの女がパトリシアさまの場所を奪ったのよ。あなたの忠誠心なんてそんなものだったの？　すぐに寝返って恥ずかしくないの!?」

「わたしが恥じているのは、噂を信じて奥さまにひどい行いをしたことよ。それに奥さまがパトリシアさまの思い出を汚すようなことなど何もなさっていないのは、みんなよく知っていることじゃない」

「うるさいっ！　みんなすぐに寝返っちゃって、パトリシアさまがお可哀想《かわいそう》だわ！」

メラニーはその場に泣き崩れた。おそらく日に日にわたしに対する態度を軟化させていく仲間たちへの苛立《いらだ》ちや焦りが、彼女をここまでの凶行に走らせたのだろう。

誰もが黙ったまま泣き続けるメラニーを見つめていると、扉がガチャリと音を立て、刃渡りが女性の手のひらほどのナイフをハンカチに載せたアルベールが執務室に戻ってきた。

「旦那さま、メラニーの自室の机の中に隠されておりました」

「そうか……」

感情を押し殺したような低い声。深く愛していたパトリシアさまに宛《あて》がったほどの女性だ。きっと誰よりもメラニーのことを信用していただろう。セドリックの悲しみはいかばかりかと思うと胸が締め付けられる。

「メラニー、お前はパトリシアによく仕えてくれたが何を見ていたんだ。パトリシアはこんな卑劣な行いを最も嫌う女性だった。彼女がこんなことを望むわけがない。残念だよ。今すぐ荷物をまとめて出て行くんだ。紹介状は書かない。この意味はわかるな？」

侯爵家で長年勤めた使用人が紹介状も持たずに放り出される。それは死刑宣告に近いことだ。まともな貴族ならそんないわくつきの女など雇うことはない。商家でも厳しいだろう。メラニーのこれからは厳しいものになるに違いない。

アルベールに腕を掴《つか》まれたメラニーは引き摺《ず》られるように執務室を後にするが、咽《むせ》び泣《な》くメラニーの声はしばらく経っても執務室まで聞こえ続けた。

「旦那さま、使用人たちにも動揺が広がっておりますので、わたくしは状況説明に行って参ります」

アンベルは一礼すると執務室から出て行った。執務室に取り残されたわたしとセドリックの間には、重苦しい空気が漂っていた。

セドリックは沈痛な面持ちでテーブルの上を見つめ、そして切り裂かれ中綿が飛び出たリングピローをおもむろに手に取った。

「申し訳ない。ソフィアを大切にすると誓ったのに、こんなことになってしまった。彼女がこんな過ちを犯すなんて……」

「今回のことはセドリックのせいではないでしょう？　メラニーもパトリシアさまが亡くなった痛みをずっと抱え続けてきたのね」

「たとえそうだとしても彼女のやったことは許されることではない」

「えぇ。許されるべきではないわ。だけどセドリックがメラニーに厳しい処分を科したり、わたしたちの証言を信じてくれるとは思わなかったから……。正直驚いているし、嬉しいと思っているわ」

そう、セドリックは一貫してメラニーを追及し続けた。どれほどメラニーが感情に訴えかけても、揺らぐことはなかった。

どうあっても常にわたしの味方でいてくれたというその事実が、こんな状況であるにもかかわらず、嬉しくて泣きそうになる。

「わたしは誰よりもソフィアを信じている。そうか……ソフィアには伝わっていなかったんだな。すまない。伝わるような態度を取ってこなかったせいだな。ソフィアと過ごした時間はまだまだ短いが、ソフィアの素直さや道徳心の高さ、それに前向きなところや意志の強いところはよく知っているつもりだ」

真っ直ぐに飾らない言葉で伝えてくれるセドリックの瞳にはわたしが映っている。優しい青色の瞳から目を離すことができない。

もしかしたらわたし自身が〝信頼で結びつく夫婦〟になりたいと言いながらも、セドリックを信じきれていない部分があったのかもしれない。けれど今ならわたしもはっきりと言える。セドリックを誰よりも信じていると。

「……抱きしめてもらってもいい？」

「もちろんだ」

セドリックはわたしに近づくとゆっくりと背中に手を回した。額を胸元に寄せると、温もりと共に甘くほろ苦いアンバーの香りに包まれる。

わたしはセドリックと結婚して良かったと心からそう思った。

〈6〉

婚約中の夜会は侯爵夫妻に過保護なまでに守られていたので、エウクラス神話の二人を信奉している令嬢たちも手出しはできなかったようだが、結婚後に迎えた次のシーズンではまぁいろいろとあった。

婚約から半年以上経ってもなお、彼女たちの悪意は失われなかった。いつも側にセドリックがついてくれているといっても、さすがに義母のように手洗いにまでついてくるわけにはいかない。

もはや特殊能力を持っているのかと思わずにはいられないほど、わたしが一人になるタイミングを察知しては、集団で声をかけてくるのだ。

言いがかりを初めて受けたのはシーズンが始まってすぐのことだった。

「あら、身の程知らずの方が今夜もいらしているわよ」

「まぁほんと。一生愛されない惨めな女だとご自覚はあるのかしら？」

「よくもまぁこの程度の容姿でパトリシアさまの後釜になろうなんて思えたものだわ。厚かましい女だこと」

こんなことをわたしに言って彼女たちに一体なんの得があるというのか。よくよく顔を見れば子爵家と男爵家の令嬢のようだ。権力を笠《かさ》に着ることはしたくないが、ここは序列を重んじる貴族社会だ。伯爵家出身であり、次期侯爵夫人になるわたしに言いがかりをつけても損をするのはあちらの方なのに。

結婚適齢期の男性や、息子の婚約者探しに勤《いそ》しむ母親たちの、自分たちに向けられる評価を顧みないその浅慮ぶりにただただ驚かされる。彼女たちが求める運命の男がその中にいるかもしれないのに、自ら棒に振るとは全く残念なことだ。

まぁ、そこまで考えられないほど、わたしに対して憎しみを募らせているということだろう。

だが、傷付けることが目的ならばもっと言葉を選べばいいのにとも思う。

なぜなら彼女たちに言われたことなんて想定の範囲内。もっと言えば、〝言われるだろうリスト〟の上位三つだ。

ただ傷付いていないとはいっても、このまま引き下がるわけにはいかない。わたし自身の矜持《きょうじ》はもちろんだが、言われっぱなしの惨めな姿を晒せば侯爵家の威信にだって関わってくる。

ほほほ……と扇子で口元を隠しながらできるだけ優雅に見えるように微笑み、想定通り事前に用意していた言葉で、一人ひとりをねじ伏せていく。

わたしが対峙《たいじ》しているのは目の前の令嬢たちだけではない。周りの傍観者、そして傍観者から広められる噂まで意識して振る舞わなければならない。

わたしを傷付けることだけが目的だった彼女たちはそれ以上の策を持ち合わせていない。言いがかりをつければ、傷付いた顔を、あわよくば泣き顔でも拝めると思っていたのだろう。

だが、そんな彼女たちの思惑通りにはさせない。感情的にもならず、それこそ傷付いた素振りなど一切見せやしない。ただ淡々と言い返してやると、ワナワナと震えながら、「この悪女がっ」と言い吐いて足早に去っていったのだった。

結婚一年目の社交シーズンはそんな戦いの日々が続いたが、二年目にも入るとわたしたちの結婚話は既に過去のものになっていた。社交界は常に新しい話題を求めているのだ。

夜会に出ても前ほどの悪意を向けられない日々。それがわたしに気の弛《ゆる》みを生じさせたのかもしれない。

ある夜会でセドリックと離れた瞬間を狙って、いつも通り令嬢軍団に呼び止められたのだ。またいつものやつかとうんざりした表情で振り向くと、そこにいたのは今夜の主催であるダルトワ侯爵家の令嬢、マーシャ嬢とその取り巻きたちだった。

身体のラインがくっきりとわかる真っ赤なドレスを見事に着こなしたマーシャ嬢は、振り向いたわたしの顔を一瞥《いちべつ》すると「ふんっ」と鼻を鳴らし、さらに一歩前へ歩み出ると、胸にかかる長い黒髪を後ろに払った。

その瞬間、ドレスから半分はみ出している豊かな胸がたぷんっと揺れる。わたしも大きい方ではあるが、さすがに段違いの膨らみに、女であるがついつい目がいってしまう。

だが、呑気《のんき》に「重そうね……肩が痛くなりそう」なんて考えていたところに投げかけられた言葉は、昨年までの薄っぺらいものとはまるで違うものだった。傷口に塩を塗り込むような、人を傷付けるためによく考えられた誹謗。思わず顔が歪んでしまうのも仕方のないことだった。

「あーら。後継を望まれて嫁いだくせに、なかなか子が成せない石女さん。ごきげんよう」

「条件が合うからと選ばれたのに、これじゃあジュラバル侯爵様もとんだ期待外れで嘆いてらっしゃるでしょうね」

「ほーんと、こんな役立たずじゃ、じきに離縁されるに違いないわ」

結婚生活もまだ一年足らずで、石女と罵られるなんて納得がいかない。いや、後継を強く望んでいる侯爵夫妻でさえ何も言わずに見守ってくれているのに、なぜ全く関係のない人にそんなことを言われなければならないのか。

だが、どうにもならない憤怒を感じる一方で確かに心は痛みを覚えているのも事実だった。

同時期やわたしより遅くに結婚した友人たちの妊娠の報《しら》せはひっきりなしに届く。早くに結婚した者なら二人目、三人目の報せだってある。

まだ子が成せないと決めつけるには早すぎるとは理解していても、月のものが来る度にどうしようもない焦燥感に駆られるのだ。

「マーシャさまぁ？　もしかしたら子ができないんじゃなくて、子ができるようなことをなさってないんじゃありません？」

「まぁ！　そんなことがあるの？」

「マーシャさまのように魅力的な女性であれば殿方も放っておかないでしょうが……ねぇ？」

「男性をその気にさせるのも妻の役目でしょう？」

そう言いながらマーシャ嬢は憐れみの視線を向けてくる。だが口元は弧を描き、愉悦を隠しきれていない。

わたしはあまりのひどい言い草にクラクラしていた。実際、夫婦の営みならば定期的にしているし、なんなら昨晩も交わっている。

だが、ここで「昨晩もしました！」なんて言えるわけもない。言い返すことがこちらにとって不利益になるとわかった上での挑発に頭が痛くなる。

「何も言えないってことは図星なのかしら？」

「ふふっ、お可哀想に」

「それならば早く離縁なさいな。セドリック卿だって抱く気の起きない妻など不要でしょうに。自由にして差し上げるべきだわ」

「その通りですわ。セドリック卿にはマーシャさまのような女性がお似合いですもの」

何の茶番を聞かされているのだろう。ただわかるのは、マーシャ嬢はセドリックの妻の座を狙っているということだ。

二年前、おそらくわたしよりも早い段階でダルトワ侯爵家には婚約の打診がいっていたはずだ。そのときは断ったくせに、今さらしゃしゃり出てくるなんて一体どういった了見なのだと憤慨するが、考えてみればすぐに答えに行き着いた。

パトリシアさまの直後だと、少し前のわたしがそうだったように、あからさまに悪し様に比較され、謂れのない誹謗を受けなければならない。だが、亡くなってから既に三年が経ち、エウクラス神話の影響力はかなり薄くなった。それに緩衝材のような女を一人挟んだことで、周りからの風当たりは随分弱まるのだろう。

年を重ねても失われない美貌を持つセドリック。それどころか、さらに深みを増し大人の色気を纏ったようにも見える。

爵位よし、見目よし、将来性よしのセドリックはまだまだ結婚市場において好物件なのだと容易に察しがつく。そこに既婚者であるという、至極当然の事実は加味されないようだ。

「それにあなたのご実家って歴史だけが取り柄のしがない伯爵家じゃない？　我がダルトワ侯爵家と縁付く方がジュラバル侯爵家にとってもいいんじゃなくて？」

自分だけでなく実家さえも悪し様に言われ、抑えきれない怒りが込み上げてくる。

確かにローゼン伯爵家は名門ではないだろう。けれど領民たちが豊かに暮らせるように日々尽力しているし、王家への忠誠心の高さは建国当初から変わることはなく、嘲笑される謂れはない。しかしここで衝動に駆られた行動をしては相手の思う壺。

ここはダルトワ侯爵家——相手の陣営で騒ぎ立ててもわたしが不利になることは確実だ。

顔に貼り付けた微笑みを崩すことはせず、なんと切り返せばこの不利な状況を打破できるのか、必死に思考を巡らせる。

その一方で、相手から投げかけられた言葉を反芻《はんすう》してしまっている自分もいた。悪意ある者の言葉なんかに振り回される必要なんて全くないと理解しているのに、自分の中で燻《くすぶ》っていた気持ちを突かれ、痛みが静かに燃え広がっていく。

もし本当に子が成せなかったらわたしたちの関係はどうなってしまうのだろう？

セドリックと過ごす日々は穏やかで、何気ない日常には小さな幸せが満ちている。わたしからは到底手放せそうもない。

だが、もしセドリックが離縁を望んだら？

手を放すことがセドリックの幸せに繋がるのだとしたら？

ずっと自分は前向きな性格だと思っていた。でも雨が降り続く夜や鉛色の雲に一日中覆われた日は、ウジウジと将来を悲観する考えに押し潰されそうになることだってある。

情事後、セドリックに抱きしめられる幸せな時間さえも、いつかこの温もりが失われたら、と不安でたまらなくなる夜もある。

結婚してからの幸せな日々は、わたしを少し臆病にさせていた。

なかなか言い返す言葉が見つからないわたしに勝機を見い出したのか、マーシャ嬢の口元はより大きく弧を描く。そしてトドメを刺そうとさらに口を開きかけたそのときだった。

「わたしの妻にそれ以上の無礼は許さん」

低く通る声が後ろから聞こえたと同時に、肩をグッと引き寄せられる。ふわりと嗅ぎ慣れたアンバーの香りに包まれ、思わず見上げると、そこにはこれまで見たことのないような怒りを目に宿したセドリックがいた。深い青色の瞳が真っ直ぐに令嬢たちを射抜いている。

セドリックの後ろでは、息を切らしたセロー伯爵が立っている。どうやら彼がセドリックを呼んできてくれたようだ。

「わたしの妻が誹《そし》りを受ける謂れはない」

「……えっ？　わたくしたちはセドリック卿のことを思って……」

「わたしのため？　わたしがいつあなたたちにソフィアを侮辱するよう頼んだ？」

「だって……パトリシアさまとの運命を切り裂く悪女を」

「はっ。ばかばかしい。善意でこんな愚かな真似をしただと？　せめて悪意であった方が救いようがあったな」

肩を抱いている手は怒りで力が入り痛いくらいだ。普段穏やかなセドリックの声はこれまで聞いたこともないくらい冷え切っている。

「ですがっ！　セドリック卿だって、本当はマーシャさまが後妻に入られた方が良かったんじゃないですか？　マーシャさまは婚約をお断りになられたことを今でも後悔なさっています」

「そうですわ！　子がいないのもまた運命。今からでも遅くはありませんわ」

取り巻きの令嬢たちは、怯《おび》えながらも口だけは達者に動かし続ける。セドリックから放たれる冷気がより一層強くなっていることに気付いていないのだろうか。

「ダルトワ侯爵家が婚約の打診を断ってくれて良かったと今では心底思っている。既婚者を狙うその薄汚れた倫理観、人のプライベートにまで首を突っ込むその恥知らずな感性、わたしはその全てを軽蔑している」

「なっ……なんてことを！」

あまりの言われようにマーシャ嬢は、顔もデコルテもはみ出した胸までも真っ赤に染めて怒りを露わにする。

「それにだ、知性も品性も外見も内面も、何ひとつソフィアに勝るものなどないマーシャ嬢をあえて選ぶなんてこと、あるわけないだろう」

「なんですって！」

怒りの沸点を超えたマーシャ嬢は、持っていた扇子を二つにへし折ると床に投げ捨てた。

「ソフィアが期待はずれだと言ったそうだな？　そんなことあるわけがない。ソフィアが我が侯爵家に嫁いでくれたことはなによりも僥倖《ぎょうこう》だった。わたしも両親もそう思っている」

「子を成せないのは事実じゃない！」

「笑わせるな。なぜそれがソフィアの責任になるんだ？　前妻も子を成していないのに、わたしに原因があるとはなぜ思わない？」

「は……？」

予想だにしない言葉に、マーシャ嬢は口を半開きにしたまま棒立ちになっている。

そしてそれはわたしも同様で、怒りを露わにしてまで守ってくれた喜びと、なんということを口にするのかという驚きとで、言葉が何も出てこない。

他国に比べるとこの国は女性が外で働くことにも寛容な国で、先進的な方だと思う。それでも子が成せない原因を妻だけが負うことはごく普通の感覚であるのに、まさか次期侯爵が自ら種無しの可能性を公の場で言ってのけるなんて前代未聞だ。

面白そうな噂のタネを探していた傍観者たちさえも愕然《がくぜん》としてしまっている。

「ソフィア、今日はつまらない奴らに捕まって災難だったな。あんな戯言《たわごと》なんて気にしなくていい。今日はもう帰ろう」

セドリックは肩を抱いていた手を自分の方に引き寄せると、わたしに優しい眼差しを向け、出口に向かって歩き出した。

「セドリック卿。あなたの無礼な発言は全てお父さまに報告させていただきますからね」

皆と同じようにしばし放心していたマーシャ嬢だったが、我に返った途端、最後の頼みの綱を出してきた。

「好きにしたら良い。あなたと違ってダルトワ侯爵は極めて品行方正な方だ。今日の騒ぎも公正な判断をされるだろう」

そう冷たく言い放つと、セドリックは悠然と会場を後にする。

後ろからは「この種無しがっ！」と年若い令嬢のものとは思えないほど、下劣な言葉で罵り続ける声が聞こえてくるが、わたしたちは振り向きもせず共に歩き続けた。

◇　◇　◇

馬車の中はしばし沈黙に包まれていた。セドリックは難しい顔で窓の外を見つめており、静かな車内にはガタガタと車輪の音だけが響いている。わたしは気まずさを紛らわすように、たまらず声をかけた。

「さっきはありがとう。危うく付け入れられるところだったわ」

「これまでもあんなことがあったのか？」

「えっ？　……そうね。何度かあったわ」

「そうか。気付いてやれなくてすまなかった」

対面に座るセドリックは目にいっぱいの悔しさを滲ませながら、前屈《まえかが》みになるとわたしの手を強く握った。

「いいえ、気にしないで。これまで言われたことは大したことではなかったわ。さすがに今日の言葉は傷付いたけれど、セドリックが助けてくれたからもう平気よ」

あれほど抉られた傷口は、セドリックのおかげでもう痛みはしない。言葉ひとつで傷が癒えてしまう単純な性格なのだ。

「それよりも、今日はうまく対処できなくてごめんなさい」

「何を言うんだ。わたしたちは夫婦だ、謝る必要も一人で抱え込む必要もないだろう」

「……そうね」

「納得していないな。……わたしはそんなに頼りないか？」

それがあまりに悲しげな声色だったので、わたしはびっくりしてセドリックを凝視してしまう。

何か大きな勘違いをされている気がする。

「ち、ちがうの！　そういうことじゃないわ。この程度のことでセドリックの手を煩わせたくなかっただけよ」

「煩わしいだなんて思うものか。わたしたちは夫婦じゃないか」

「そうだけど……」

「喜びも悲しみも共有し、分け合うのが夫婦だとわたしは思っている。信頼してくれているなら、どうかこれからはわたしを頼ってほしい」

わたしはようやく、これまでの自分の考えがひとりよがりなものだったことに気付いた。

セドリックに迷惑をかけないことが、良き妻であると思っていた。一人で戦える強さが求められていると思っていた。

だがその結果、セドリックはこうして自分を責めている。頼られなかったことに心を痛めている。

「……これからは頼ってもいいの？」

「もちろんだ。ソフィアがこれまで頼らなかったのはわたしのせいでもあるな。すまなかった」

セドリックの言葉に、わたしの身体からどっと力が抜けていくのを感じる。

一人で大丈夫だ、この程度のこと自分一人でどうとでもできる、とこれまで頑なに思っていたが、自分でも知らないうちに無理をしていたのかもしれない。これからは一人ではない、そう思うだけでこんなにも心強い気持ちになる。

「謝らないで。わたしが勝手にそう思い込んでいただけだから。セドリックもわたしを頼ってね」

「あぁ」

喜びや悲しみを共有し、分け合うのが夫婦ならば、わたしたちはもうひとつ話さなければならないことが残されている。

「セドリックの発言……あんなことを言って、あなたの評判の方が心配だわ」

男性としての自尊心を守るために、女性の誇りを踏みにじる者が多い世の中。わたしの立場を守ろうと、自分の体面を傷付けることを選んだセドリックは、今後どういう目で見られてしまうのだろう。好奇の目に晒されるセドリックを想像すると心が痛い。

だがそんなわたしの心の内を見透かしたように、セドリックは優しく目を細める。

「ソフィアはそんなこと心配しなくてもいい。あなたを妻として敬い大切にすると誓ったんだ。あなたが蔑まれるのを看過するわけにはいかない」

「でも、セドリックがこれからどんな目で見られるか……」

セドリックはおもむろに席を立つと、少々行儀悪く、わたしの横にドスンと座り直した。アームレストに左肘を乗せ頬杖《ほおづえ》をつくと自嘲めいた様子で鼻で笑う。

「口さがない者たちには既に言われていることだ。気にしなくていい」

「えっ？」

「先ほども言った通りパトリシアとの間にも子がいないんだ。わたしに原因があると思う方が自然だろう？」

「で、でも……」

「むしろわたしのせいで嫌な目にあわせてしまったな。申し訳ない……」

軽い口調でそんなことを言うセドリックだが、傷付いていないわけがない。女性が言われて辛《つら》いことは、当然男性が言われても辛いのだ。平静を装うセドリックの横顔が痛々しい。

「セドリック……」

「わたしの両親もなかなか子に恵まれなくてな。母上は大変辛い目にあったそうだ。長い時間をかけてようやく授かったのがわたしだったわけだが、当時の話をする母上は泣いていたな」

「そうだったのね……」

どうりで侯爵夫妻が妊娠について何も口出ししてこなかったわけだ。後継を誰よりも望んでいるというのに、自分たちと同じ苦しみを負わせないよう知らぬ間に配慮されていたなんて。

ジュラバル侯爵家に嫁ぐ選択をしたのは間違いじゃなかったと改めて思う。

「後継についてはそれほど悩まなくていい。あまり良い話は聞かないが、遠縁を頼る手もある。子がいなくてもわたしはソフィアと離縁するつもりなど毛頭ない」

右手でわたしの髪を一房取ったセドリックはそっと唇を寄せる。そのまま手を下ろすとわたしの手と絡めるように繋ぎ、いつもより少し強い力で握られた。

わたしはその温かな手にひどく安心すると、セドリックの見た目よりも逞しい肩に頭を寄せた。

あんな苛烈な出来事があったばかりだというのに、不思議と心は凪《な》いでいて、いつの間にかわたしは静かな眠りに落ちていた。

そしてこの日を境にわたしたちの関係はより一層強い信頼で結ばれていったのだった。

〈7〉

しばらく続いた長雨があがり、遠くに夏の気配を感じる頃。

わたしはジュラバル侯爵家のタウンハウスの中庭で茶会を催していた。久々の抜けるような青空の下、心地よい風が通り抜ける庭のガゼボからは、水と光の恩恵を受けた瑞々《みずみず》しい花々が咲き誇っているのがよく見える。気心の知れた友人たちと語らう時間はとても有意義なものだった。

「このケーキは初めて食べるけどすごく美味しいです！　タルト生地にオレンジ風味のカスタードとアプリコットが今の季節にぴったりですね」

「ほんと！　ソフィアさまの開かれるお茶会はいつも新しい発見があるわ。これはどこのお店のものか教えてくださる？　わたくしも今度のお茶会で出したいわ」

「ふふっ、ありがとうございます。こちらは隣国のリムアーノ地方出身のパティシエが作る伝統菓子なんです。アプリコットの他にりんごやベリーなども合うそうですよ。セドリックと街歩きしているときにたまたま見つけたお店なんです。目抜き通りから少し離れた場所にあるので、あとで地図をお書きしますね」

先日、セドリックと目的もなく王都を街歩きしたときに見つけたお店は、こぢんまりとした店構えだったが、店先に飾られた花々はセンスが良く、異国の風情を感じさせる外観をしていた。ふと興味を惹かれ入ってみたところ、大当たりのお店だったのだ。

「まぁ、本当に夫婦仲が良くていらっしゃる。羨ましい限りだわ」

「だってセドリック卿ですもの。春先に開かれた夜会でのエピソードもすてきだったものね」

「……すてき？」

春先のエピソードといえば、セドリックの種無し発言くらいしか思い浮かばないが、それがどうしてすてきなエピソードとして語られるのかわけがわからない。

「あら？　ご存じありませんか？　妻を守るために汚名を被ったセドリック卿は男の中の男だともっぱらの評判ですよ」

種無し発言なのに、男の中の男と言われるのは、いささか矛盾を感じずにはいられないが、評判が落ちなかったのならなんでもよい。

聞くと、子ができないことで辛酸を嘗《な》めた女性は思いの外多く、セドリックの発言を「よくぞ言ってくれた！」と溜飲《りゅういん》を下げ、歓迎する声があるそうだ。

思いがけず聞かされたセドリックを評価する声に、つい口元を緩めてしまう。ちなみにマーシャ嬢はしばらく領地で暮らすことになったそうだ。

「それにソフィアさまはまだ結婚して一年足らずでしょう？　子ができないと悩むには早すぎますわ。わたくしは二年かかりましたもの」

「そうですよ。焦りは禁物です。ストレスを溜めないことが肝要ですわ。近いうちにこの素晴らしい庭園を子どもたちが走り回るでしょうね」

優しい言葉にじんわりと胸が温かくなる。この中庭で子どもたちが……。男の子だったら力いっぱいに駆け回り、木登りなんかもするかもしれない。女の子だったら花冠を一緒に作って頭にのせあいっこするかもしれない。目を細めて、そんな夢のような将来の姿を中庭に思い浮かべる。

男の子でも女の子でもセドリックに似たらいい。とても可愛らしいミニチュア版の夫を想像し、ふふっと誰にも聞こえない小さな声で笑う。

「ですがこのお庭……とってもすてきですけれど、ソフィアさまのご趣味ではないような？　ご結婚されてお好みが変わったのですか？」

「そう言われてみれば。ソフィアさまのイメージはバラやガーベラのような優雅であったり、生命感に溢れたものですよね。ご実家の庭園もそのような花が多かったように思いますが」

多くの女性と同じようにわたしも花は大好きだ。その中でも生命力を感じるカラフルな花を特に好んでいる。かといって可憐で楚々《そそ》とした花が嫌いなわけじゃない。

この中庭はパトリシアさまの好みに合わせて造られている。アナベルやカスミソウやスズランといった多種多様な白を基調とした、花とグリーンのコントラストが美しいホワイトガーデン。落ち着きがあって清らかな雰囲気はパトリシアさまのイメージとよく合っている。

以前、庭師から好きな花を聞かれ、新しく造り変えることも提案された。けれど、美しく咲き誇っている花々をわざわざ引き抜いてまで自分の好みを押し通す必要もないと断ったのだ。そんな経緯もあり、この中庭は嫁いできたときからそれほど大きくは変わっていない。

「よくお気付きになられましたね。この中庭はパトリシアさまがお好きだった花で造られているんです」

「えっ!?」

「美しく手入れされていたので、輿入れした当時のままの姿を残しているんです」

「そ……そうなんですね……」

一瞬の不自然な間のあと、紅茶に口をつけた友人は「あーおいし」など呟きながら、視線を気遣わしげに逸らし、話題が変わるのを待っている。

もう一人の友人もおもむろに扇子を取り出してはパタパタとあおぎ「暑くなってきたわねぇ」とひとりごとともとれる声量で呟く。

友人二人の行動から、わたしの発言は失敗だったのだと初めて気付く。あまりに日常に溶け込みすぎて何も感じなくなっていたが、やはりこれは同情されるようなことなのだ。慣れというのは怖いものだ。気まずい思いをさせて申し訳ない。手早く次の話題を振ろうとそう思ったとき、もう一人の友人がこの気まずい空気をなんとかしようとして、殊更明るい口調で話し始めてしまった。

「さすがソフィアさまだわ！　わたしなら耐えられそうにないもの。だからこそセドリック卿に大切にされるのでしょうね。みなさまもそう思われません？」

紅茶を飲んでいた友人と、扇をあおいでいた友人がぎょっとした目を彼女に向けている。その返しはさすがにないだろう、こちらに話題を振ってくるな、と言わんばかりの表情だ。

この発言をした彼女とて悪気はないのだ。この気まずい空気をどうにかしたくて発言した言葉が、より気まずい空気を増長させてしまっただけで。

失敗を悟った彼女は混乱しているのか、さらに言葉を重ね、ドツボにハマってしまっている。

「前妻のための庭をそのまま手入れされるなんて、ソフィアさまはなんて心優しいのでしょう。やはりセドリック卿の後妻はソフィアさましか担えなかったですわ」

「そ、そうですわね。ソフィアさまは学生の頃から寛大な方でしたものね」

「え、えぇ。ほんとに。エウクラス神話の信奉者の中でもここまでできるのはソフィアさまくらいですわ」

流れ弾を食らった友人たちも、しどろもどろながら話を合わせている。

これが悪意からなる言葉であったなら受け流せたものの、善意によって紡がれる言葉は真正面から受け止めざるを得ない。

和やかな笑みを顔面に貼り付けるが、胸にチクリ、チクリと針で刺されたような痛みを感じる。

この庭園はそれほど一般的には受け入れ難い代物で、それを許し、挙げ句そこで茶会を開いた自分の図太さに呆れ、笑ってしまいそうになる。

ここから正面に見上げる屋敷の二階、一際豪華な装飾が施されたバルコニーの奥にある部屋は、パトリシアさまが亡くなられた三年前から時を止めたように今も変わらない姿で残されている。そんなことを言えばこの優しき友人たちはどんな顔をするだろうか。

セドリックがこんなにも大切にしてくれるのは、パトリシアさまを蔑ろにしないわたしだから。パトリシアさまを尊重できる寛大さがあれば、わたしである必要はなかった。

唐突に突き付けられた事実が、胸を刺すような痛みに取って代わる。そんなことわかっていた。嫁ぐ前から理解していた。それなのになぜ胸がこんなに痛むのか、なぜ身体の真ん中がこんなにも冷え冷えとするのか。その答えがどうにも見つからない。

ただ今晩はセドリックの温もりを感じながら眠りたい、ふとそんな思いだけを胸に抱いた。

◇　◇　◇

夜になっても、日中の暑さが残る季節。涼を運んでくれる夜風が心地よいその晩も、セドリックのエスコートのもと、とある伯爵家の夜会に訪れていた。

近頃領地で鉱山が見つかったこの伯爵家の会場は、それはそれは贅《ぜい》を尽くしたものだった。

柑橘《かんきつ》の爽やかな果物から作られたシロップと細かく砕いた氷からなる氷菓は、この国ではまだ珍しく高価なものだが、それが惜しげもなく提供されている。

また蜜蝋《みつろう》で作られたボタニカルキャンドルが庭園のあちらこちらに置かれ、さまざまな花のシルエットが浮かび上がり、幻想的な雰囲気を醸し出している。おそらくベルガモットミントの精油も混ぜているのだろう。うっすらと甘くフルーティーな香りが庭園から風に乗って会場内にも漂い、まるでオレンジ畑にいるような気分にさせてくれる。

贅を尽くしているが嫌味ではない、センスの良い会場には多くの人が集まり、この伯爵家の注目度が窺える。

ちなみに今日のわたしの装いは、ハリと光沢感が気に入ったガザールオーガンジーをふんだんに使用して仕立てたマロンベージュのドレスに、ビジューのサッシュベルトを巻いて、まもなく訪れる秋をほんの少し意識したものだ。

出掛けるときにセドリックから「ソフィアの美しい髪がよく映えるドレスだね」とお褒めの言葉をいただき、少々浮かれてしまっているのは仕方のないことだと思う。

「ソフィア、まだ君と踊るのは許されないのだろうか？」

楽団の演奏が始まり、セドリックがそっと問いかけてきた。

婚約からもうすぐ二年が経とうとしているが、わたしはいまだセドリックと踊ったことはなかった。新しもの好きの貴族にとって、二年前の出来事なんてとっくに興味が失われているし、あれほど悪意を向けていた年若い令嬢たちでさえ、今の話題の中心は王女殿下と隣国の王子のロマンスに取って代わっている。

だからそろそろセドリックと踊っても大丈夫なはずなのに、周りの視線どうこうよりも、わたし自身の気持ちの問題としてまだ踊る心境にはなれなかった。

パトリシアさまと自分を比較して、自分の惨めさを目の当たりにするのが怖い。普段は意識的に見て見ぬふりをして比べないようにしているのに、セドリックと踊ったら強制的にその差異を突きつけられてしまう。

「ごめんなさい、セドリック。あなたと踊るのは決して嫌じゃないの。だけどもう少しだけ待ってもらえるかしら？」

「そうか……わかった」

「ありがとう。けど、わたしを気にせずセドリックは他の人と踊ってもいいのよ」

「いや、それはいい。いつかソフィアと踊れる日を楽しみにしているよ」

セドリックは力なく笑う。そんな表情をさせたいわけじゃないのに、わたしの弱さのせいで申し訳ない。気を取り直すようにドリンクでも頼もうと給仕係を探すと、よく知る顔が遠くから近づいてくるのが見えた。

「ソフィアさま！」

癖のある緋色《ひいろ》の髪を揺らしながら、足早に駆け寄ってくる女性は、この国の端に領地があるガシアン男爵家の令嬢であり、学園での友人でもあったエマである。学園卒業後は気安い言葉遣いから、家格を弁《わきま》えた言葉遣いに変わったものの、良好な関係は今も変わらず続いている。

頬をピンク色に染め、ニコニコと友好的な笑みを浮かべる姿を見て、わたしはうまくいったのだな、とほっと胸を撫で下ろす。

「エマさま。お久しぶりね」

「はい。なんとか一段落しまして久しぶりの夜会なんです。もう、早くソフィアさまにお礼をお伝えしたくて」

「ふふっ、うまくいったようで嬉しいわ」

「ありがとうございます！　全てソフィアさまのおかげですわ」

ガシアン男爵家の辺境にある領地では農業が主な産業だったが、最近ではワインの生産にも力を入れていた。

以前エマより贈られたものが高級ワインにも引けを取らない美味しさだったので、美食家で名を馳《は》せるルスール伯爵夫人に紹介したところ一躍有名になり、大きな商会で取り扱われることになったのだ。

ちなみに本日の夜会で提供されているのもそのワインのようで、今後ますます人気が出るのは間違いないだろう。

「わたしはルスール伯爵夫人との縁を繋いだだけよ。ワインの良さが評価された結果だわ」

美味しいワインを、新しい美味しいものを求めている人に紹介しただけ。それだけでこんなにも喜んでもらえるなんて、こそばゆい気持ちになる。

「ソフィア、あなたは人と人を繋げる天賦の才能があるね。この前もトランタン子爵に感謝されていたし、その前にはセロー伯爵だったたか？　本当にソフィアの才能には驚かされる」

セドリックは恥ずかしくなるほど飾らない言葉でわたしを褒めてくれる。

セドリックがパトリシアさまと夜会に参加していた頃のわたしは、できるだけ目立たないように壁の花に徹していたし、兄がセドリックをローゼン伯爵家に招いたときには子どもっぽい姿を見せてしまっていた。

そんなわたしが、セドリックが夜会から遠ざかっていた三年の間に、図らずも社交界の中心人物になっていたことは、大変な驚きだったようだ。

「大げさだわ。ただ知り合いが多いだけよ」

ふふっと照れたように笑うと、セドリックもつられて目元に笑みを浮かべる。そのときだった。

「ソフィ！」

突然背後から少し怒ったような口調で愛称を呼ばれ、くるりと振り返ると久々に見る顔があった。幼馴染のヴァンサンである。

「ヴァン！　……じゃなかったヴァンサン卿。久しぶりね。四年ぶりになるかしら？」

海に面した領土を持つアルディ伯爵家は貿易が盛んで、後継であるヴァンサンは学園を卒業後に取引のある国々を遊学していた。

国外で四年近くを過ごしたヴァンサンはさまざまな経験を積んだのであろう。少し日焼けした精《せい》悍《かん》な顔つきは自信を感じさせる。すっかり大人の男になっていて、チラチラとこちらを気にする令嬢たちの視線が痛い。

「おい、ソフィにそんな呼び方されると気持ち悪いんだが。昔と変わらずヴァンって呼べよ」

ムッとした顔は昔によく見た顔だ。つい懐かしい気持ちになってしまう。

「だめよ。わたしは結婚したのよ？　幼馴染とはいえ愛称で呼ぶなんて変な憶測を呼ぶわ」

「ちっ。他の奴らに聞かれなければ問題ないよな」

そう言うなり、ヴァンサンはチラッとセドリックに目線をやると、親しみを感じさせない表情で向き直る。

「セドリック卿、奥方をお借りしても良いだろうか？　久々の再会でダンスを一曲申し込みたいのですが」

「あぁ、もちろんだ。妻から幼馴染だと聞いている。積もる話もあるだろう」

確かにヴァンサンとは幼馴染だし、積もる話もある。でも妻が他の男性に愛称で呼ばれ、ダンスに誘われても表情ひとつも変えることなく、快く送り出すセドリックに少しの苛立ちを感じる。

了承を得たヴァンサンはわたしの手を取ると強引に引っ張っていく。

「ふふっ。あなたは昔と変わらないわね」

「うるせ。それよりソフィはなんでセドリック卿と結婚したんだ？　俺は聞いてないぞ？」

「ヴァンは転々と居場所を変えるから手紙のひとつも出せやしないわ。それにわざわざ報告する間柄でもないでしょう？」

一瞬なぜか悲しそうにも見える顔をしたヴァンサンは、腰に回した手に力を入れて大きくターンをした。

「っもう！　ヴァン！」

「……ふん。ソフィが悪い」

喧嘩しながらも遠慮のない関係に心地よさを感じる。遊学中の失敗談や、本でしか知らない遠い国の話は興味深くてついつい楽しくなってしまい、気付けばダンスは二曲目に突入していた。

「あ、あれだな。今日のドレス、ソフィによく似合っている」

ヴァンサンには珍しく、少し口籠もりながら、辿々しくではあるが褒めてくれたことに驚いてしまう。長い間共に過ごしてきたが、容姿で褒められたのはこの新緑色の瞳ぐらいなのに。しかもそれも随分と幼い頃の話だ。

「ふふっ。外国を周って女性を褒めることを学んだのね。お世辞でも嬉しいわ、ありがとう」

「ちがっ、お世辞じゃねぇよ！」

「そうなの？　実はセドリックにも褒められたのよ。わたしには大人っぽすぎるかと思ったけれど安心したわ」

「……なんて言って褒められたんだ？」

「えっ？　わたしの髪がよく映えるって……」

高い位置から見下ろす切れ長の瞳はすうっと細められ、じっとりとした視線に変わる。

「そうだな、ソフィの艶やかで絹のように滑らかな金の髪にもよく似合っているし、夏の日差しのようなイキイキとした瞳も引き立っている。季節を少し先取りした装いもだし、シンプルなデザインとソフィの華やかな顔立ちとのバランスも取れていてセンスがあると思う。それに」

「……もういいわ、ありがとう。それ以上は聞いていて恥ずかしくなっちゃう。ヴァンにそんなこと言われたら調子が狂うじゃない」

幼馴染を揶揄うのも大概にしてほしい。硬派な男だと思っていたが、外国の社交界でこんなキザな言い回しもビジネスのために磨いてきたのかもしれない。

イメージとあまりにもかけ離れた歯の浮くようなセリフに苦笑いを浮かべると、ちょうど二曲目が終わる。さすがにパートナーでもない男性と三曲も踊るわけにはいかず、このタイミングでセドリックのもとへ戻ることにした。

「……いつになく楽しそうだったね」

「そう見えたかしら？　きっと外国のお話が楽しかったせいね。わたしも一度行ってみたいわ」

「そうか……」


夜会後、いつも通り寝室まで送ってもらい、「また明日」の軽い口付けをしたのだが、突如、腰と後頭部を両手で押さえ込まれ、熱い舌が口内にぐにゅりと差し込まれた。

突然の激しい口付けに呆然《ぼうぜん》とする中、セドリックの舌は器用に上顎をなぞり上げ、舌を絡め取り、そして吸い上げる。吐息さえも飲み込むような性急な口付けに腰の力が抜けていく。

そのまま腰を押さえていた手を下にずらしたセドリックは、わたしを抱えるようにして寝台へ連れていくと少し強引に押し倒した。

その間も繋がった唇は離れることはない。セドリックの手は普段とはまるで違う、荒々しさを感じさせる手つきでわたしのドレスをひん剥《む》いていく。

「ん……ふっ……ま、待って、セドリック……」

「……待てない。今すぐ抱きたい」

息苦しいほどの口付けから解放され、ようやく口にできた僅かな抵抗の言葉も一瞬で拒否されてしまう。

夜会がある日は帰宅が遅くなることもあり、閨を共にすることなどこれまでなかった。

コルセットに手こずりながらも、セドリックの唇は妖しくわたしの首筋や鎖骨に這わされる。

「んっ……あっ……湯浴みもしてないのに……」

「わたしは気にならない。ソフィアの香りは好ましい」

緩まったコルセットから少しばかり大きな胸がまろび出ると、既にその先端は芯をもって赤く立ち上がっている。それを見逃すわけもないセドリックが口に含むと固くした舌先でチロチロと弾かれた。

「あんっ……あぁ……」

いつもは焦《じ》らすようにゆっくりゆっくりと責め立てていくのに、突然与えられた強い快感に思わず胸を突き出すような格好になってしまう。

その不埒《ふらち》に揺れる膨らみを下から持ち上げるように揉まれたかと思うと、先端をクニクニと指先で捏《こ》ねくられた。

「あぁ……だめぇ……」

弱い部分を責め立てられ、たまらず大きな嬌声をあげてしまう。セドリックはそのまま淫猥《いんわい》な指先を休めることなく、ゆるゆると身体を足下にずらしていく。

「……セドリック!? そこは本当にだめよ！」

「どうして？ こんなにも甘そうな蜜を垂らしているというのに」

これまで幾度となく重ねた交わりによって、これからもたらされる快楽を知ってしまっている秘部は、拒絶する言葉とは裏腹にしとどに濡れそぼっている。

セドリックはその蜜を一切の躊躇いもなく、ベロリと舐めとり、そしてジュルジュルとわざと聞かせるように卑猥《ひわい》な音を立てて吸い上げる。

「んっ、んん……だめっ……そんなの汚いわ」

「汚くなんかない。ソフィアのここは可愛らしいし、きれいだよ」

そう言うと肉厚な舌で最も敏感な秘芽をじっとりと舐め上げる。わたしの身体を知り尽くしたセドリックは勝手知ったる様子で、求めている刺激を的確に与えてくる。

わたしの理性は悦いところを責められる度にどろりどろりと溶けていく。気付けば、もっと欲しい、と希《こいねが》うように淫らに腰を揺らめかせていた。身体中が熱くなり、眼前が薄ぼんやりと滲み、絶頂が目の前に見えてくる。

けれども限界を超えるその一歩手前でセドリックは突然口淫をやめてしまった。

「どうして……？　お願い、意地悪しないで……」

はしたないとわかっていても、強請《ねだ》るような声で続きを催促してしまう。絶頂直前で見放された秘部は切なく戦慄《わなな》いており、つい恨めしい目でセドリックを見つめてしまう。

「そんなに欲しい？　じゃあ、どうしてほしいか言ってごらん？」

これまでそんな意地悪なことを言われたことなんてないのに、今日は一体どうしてしまったのか。

何をしてほしいかなんて、セドリックが一番わかっているくせに。

「ん？」

挑戦的にも見える目でじっとりと見つめられてしまえば、追い詰められたわたしはあえなく降参するしかない。

「……お願い……気持ち良くして？」

「……どこをどうしてほしいの？」

だが、わたしの精一杯は無情にもあっさりと打ち砕かれる。セドリックの求めるレベルはもっと上だったらしい。

身体の疼きはより強くなる一方なのに、どうすればよいのか。言葉で伝えるにはハードルが高すぎる。

「ここに……セドリックが欲しいの……」

先ほどの口淫を受けたままの姿だったわたしは、両膝を立て、さらに脚を開き、セドリックに秘部がよく見えるような体勢を取る。そして自らの指でそこを開いてみせた。

羞恥で顔に熱が集まっているのがわかる。恥ずかしさのあまり、セドリックと目が合わないよう、顔を横に背け目を固く瞑った。

ゴクリと喉を鳴らす音が聞こえたかと思うと、続いて近くでガチャガチャとベルトを外す音が聞こえた。そして次の瞬間、わたしの蜜道の最奥、一番悦いところを一気に突き上げられた。

「ひゃあぁ……ああっ……‼」

熱く滾《たぎ》った剛直により、一瞬で高みに登らされる。繋がったところを中心に、足先にも頭の天辺《てっぺん》にも電流が走ったかのような衝撃に息ができない。

散々焦らされた後の長い絶頂はなかなか収まることなく、身体がピクピクと震えてしまう。

だがその絶頂の余韻に浸る間も与えられず、セドリックは激しい抽送をはじめた。

「やぁっ！　待って、セドリック……まだ……まだ……」

「もう止まれない。煽りすぎたソフィアが悪い」

「あっあ……だめ……まだイッてるのに……っ」

「あぁ……ソフィアの中、すごいうねってとても気持ちいいよ。長くもたないかもしれない」

そう言いながら、バチュンバチュンと力強い腰の動きは加速していく。その間も動き辛いだろうにセドリックはぎゅうぎゅうにわたしを抱きしめたままだ。

耳元に熱い吐息を感じる。はぁはぁと漏れ出た艶っぽい声は、わたしの胸を切なく締め付ける。

わたしの身体でセドリックはこんなにも感じているのだと思うと、仄《ほの》かな喜びが身体中を駆け巡る。

ほどなくしてまたもや高みが見えてきたところで、セドリックはわたしの片足を肩に担ぐように持ち上げ、接合部をさらに深く密着させた。

先ほどまでよりも奥を徹底的に責められ、わたしの嬌声も一段と大きくなる。

「あんっ……あぁ……だめ……またイッちゃう……」

「くっ……わたしもだ。受け止めてくれ」

より強く腰を打ちつけられ、身体の最奥に熱いものを感じる。それを嬉々《きき》として受け入れた蜜穴は、一滴も逃すまいとキュウキュウと剛直を締め付ける。

大きな絶頂のせいか身体に力が入らない。ぐてんと力尽きたように寝台に身体を預けていると、最後の一滴まで絞り出すようにわたしの中で扱《しご》いていたセドリックの腰の動きが徐々に妖しいものに変わっていく。

「えっ？　セドリック？」

「まだ足りない……。もう少し付き合ってくれ」

同意を与えてもいないのに、セドリックは繋がったままのわたしを抱きかかえると、正面から向き合うように座らせる。わたしの中に入ったままの剛直はその存在感を誇示するように、いまだその熱も硬さも失われていない。

下からずんずんと突き上げられ、もう訳がわからない。

わたしの蜜穴は自らの愛液とセドリックの精液とでぐちゃぐちゃで、上下する度にグチュグチュと淫靡《いんび》な音を響かせる。

セドリックの首に手を回し、過ぎる快感を逃すように仰け反るが、その体勢が奇《く》しくもセドリックの眼前に乳房を差し出す姿になっていることにさえ気付かない。

突き上げられながら、乳房を揉みしだかれ、声が枯れるほど喘《あえ》がされる。

それから何度目かの絶頂を迎えたとき、セドリックも同時に熱い白濁を放った。

休む間もなく子種を二回放ったセドリックの胸にしな垂れるように顔を埋めると、翻弄され疲れ切った身体は猛烈な睡魔に襲われた。

いつもと様子の違うセドリックに違和感を覚えながらも、既に思考する気力は残されておらず、身体が求めるまま、わたしは意識を手放したのだった。


なんだか心地よい温もりに包まれ、いつもよりぐっすり眠ったわたしは、翌朝早くに目を覚ました。寝ぼけながら、このまま二度寝したらさぞかし気持ちいいだろうな、ともう一度眠りの世界に行こうとしたところで、わたしは驚きのあまり一瞬で覚醒した。

なんと背中からセドリックに包み込まれるように抱きしめられているのだ。まだ眠っているらしいセドリックの可愛らしい寝息が後頭部から規則的に聞こえてくる。

二人で朝を迎えるなんて初めてのことだ。途端にわたしの鼓動は早くなる。

昨晩何があった？　と思い返して、わたしは恥ずかしさのあまり両手で顔を覆った。いつもより激しく意地悪に抱かれた記憶を思い出したわたしは、そのとき覚えた違和感も同時に思い出した。

昨夜翻弄されながら見上げたセドリックの瞳には、これまで見たことのないような熱が宿っていた……ような気がする。ずっと快楽の渦の中にいたせいで断言できないが、渇望されているような、求められているような、そんなものが垣間《かいま》見えた気がするのだ。

もしかして……と淡い期待を抱いたところで、わたしはハッと正気を取り戻した。また危うく安直に期待を抱いてしまうところだった。昔の失敗を繰り返してしまうところだった。

セドリックがわたしを大切に扱ってくれていることを、愛されているだなんて勘違いをしてはならない。何度もそう言い聞かせてきたのに、すぐに都合良く解釈しようとする自分の間抜けぶりに苦笑いが浮かんでしまう。

ただ、今この柔らかな温もりは確かにわたしのものだ。もうしばらくこの心地よい腕の中で微睡《まどろ》んでいたい。わたしは腕の中で身体を反転させると、おずおずとセドリックの胸に頬を擦り付け、目を閉じた。

気付けば眠りに落ちていたわたしは、なんだかとても良い夢を見た気もする。けれど、もう一度目覚めた時にはいつも通り、冷たいシーツに一人取り残されていた。

その後も夜会で会う度にヴァンサンはダンスに誘ってきた。「わたしだけじゃなくて他の令嬢とも踊りなさいよ」と指摘しても「うるせ」と言うばかりで、毎回律儀に誘ってくる。

最初の方こそ久しぶりの帰国で幼馴染と話したいのかな、とも思っていたが、これほどまでに続くとさすがのわたしでもその理由が自《おの》ずとわかってしまう。

ヴァンサンの瞳にはただの幼馴染には決して向けないような熱が宿っている。目を合わせてしまうとその焦がれるような感情が侵食してきそうで、視線を合わせることもできない。ヴァンサンの気持ちに気付きながらも、その気持ちに向き合ってはいけないような気もして、わたしは必死に見て見ぬふりをしていた。

だが、わたしが戸惑ったのはヴァンサンのことだけではなかった。

「セドリック……これは？」

「あぁ。偶然通りかかった店でソフィアが好きそうなものを見つけたんだ。ソフィアは鳥が好きだろう？」

包み紙を開けると艶やかな青羽根がついたフェザーペンだった。ペン軸には作り込まれた繊細な装飾が輝き、確かにわたし好みではある。

だが、日中働いているセドリックが偶然通りかかる雑貨屋なんてあるのだろうか？

この屋敷から王宮までは馬車で十五分もあれば着く距離だし、そもそも馬車からフェザーペンが見えたのならとんでもない視力だ。訝《いぶか》しく思うところはあるが何か訳があるのだろうとそれ以上は触れないでおく。

「ありがとう。わたしの好みに合っているし、とってもすてきだわ！　大切にするわね。だけどわたしばかりいつも贈り物をもらって申し訳ないわ」

今日だけではなく、最近セドリックは何かにつけて記念日でもないのに贈り物を頻繁に買ってくるのだ。

最初の数回はお菓子だった。もちろん嬉しかったし美味しくいただいたのだが、甘いものの誘惑にとびきり弱いわたしはついつい食べすぎてしまう。体型を気にしてお菓子はもう買わなくていいと伝えると、なぜだかセドリックは傷付いた表情を見せたので、お菓子以外なら嬉しいと口を滑らせてしまったのだ。

その結果、外国の希少な茶葉や、大きな花束が贈られるようになり、つい数日前には陶器製の小鳥のオルゴールを贈られたばかりだ。ゼンマイを回すと美しい音楽と共に小鳥も動く仕掛けになっており、とても可愛らしくお気に入りではあるのだが、さすがにこれ以上は気が引ける。

「いや、大切な妻にプレゼントを贈るのは当たり前のことだ。わたしがやりたくてやっていることだから、ソフィアは気にしなくていい」

急に贈り物が増えた男は大抵浮気をしているものよ、と友人から聞かされていたが、セドリックに関してはその心配はまるでない。なぜなら閨の回数は以前よりも増えているし、公休日の度にお出掛けに誘われていて、他の女性に現《うつつ》を抜かしている暇なんてないのは明らかだからだ。

そもそもセドリックがそんな倫理観から外れたことをするような人じゃないことは、わたしが誰よりもわかっている。

「ところで次の日曜日の予定は空いているだろうか？　隣国から興行に来ているサーカスが、なかなか評判が良いそうなんだが」

「日曜日……ごめんなさい。その日はパスカル夫人の詩の朗読会に呼ばれているの」

「そうか……」

シュンと項垂れる姿を見せられると、母性本能がくすぐられてしまう。シーズン中は夜会以外にも各家で茶会が催されたり、品評会に呼ばれたり、知人の音楽会に行ったりと、貴族夫人はなかなかに社交に忙しく、先日受けたお誘いも断ってしまったところだ。

「……パスカル夫人には謝罪して、その日はキャンセルさせてもらおうかしら」

「いや、そこまでしなくても大丈夫だ。普段からソフィアが社交を頑張ってくれているのはわかっているし、いつも感謝しているんだ。突然キャンセルして不快感を与えてしまったら、せっかく積み重ねてきた信用が台無しになるだろう」

「それはそうだけど……でも……」

「我が妻は人気者だからな。前もって予約を取らなかったわたしが悪い。だが、社交シーズンが終わったら、どうか大切なソフィアをわたしに独占させてほしい」

そう言って微笑んだセドリックにわたしは釘付けとなった。なんと表現すればよいのか、微笑みが甘いのだ。言葉は普通なのに、なぜだかとろりとした甘さを感じる。セドリックはこんな目をする人だったろうか？

わたしはシーズンオフが待ち遠しくて仕方なかった。気が早いとは思うが、観劇に行くのに相応しい新しいドレスを新調したり、街歩きしやすいシンプルな服を買い揃えたりした。そこにはもちろん流行りのデザインも取り入れるが、セドリックの好みをちりばめることも忘れなかった。

社交に準備にと忙しく動き回っているうちに、この年の社交シーズンは幕を閉じた。ヴァンサンをはじめ、多くの貴族たちがそれぞれの領地に戻るが、王宮勤めのセドリックは王都に留まる。

わたしはやっとセドリックとゆっくり過ごせると、沸き立つ気持ちを抑えきれずにいた。セドリックと過ごす時間は穏やかであるのに、気分が高揚して他の人たちと過ごす時間とは明らかに違っていた。庭で共にゆっくりお茶を飲む時間も、何の目的もなく街歩きする時間も、おめかしして観劇に行く時間も、全部が大好きな時間だった。そんな心穏やかな日々を過ごし、街が秋色に染まり始めた頃、セドリックから思わぬ提案を受けた。

「まとまった休暇がもらえそうなんだが少し遠出をしてみないか？」

「そうなの？　今の季節ならどこに行っても過ごしやすいでしょうしぜひ行きたいわ」

「そうか！　休暇は四日間だからな……半日程度で着く場所でソフィアが行きたい場所はあるだろ

うか？」

「そうね……」

春先になると休む暇もないほど忙しくなる案件があるとかで、秋冬のうちに宰相補佐室のメンバーで順繰りに長期休暇を取得することになったらしい。わたしは初めての外泊に胸が高鳴り、頭の中の地理の教科書を高速でめくっていった。

「そうだわ。メラッド伯爵領はどうかしら？　温泉もあるし、山の幸が豊かだと伯爵が仰っていたわ」

「温泉か……いいな、そこにしよう。それにしてもメラッド伯爵といつの間にそんな話をしていたんだ」

「春先にね、せっかく温泉も出るし王都からも近いのだから観光地化してはどうかってお話をしていたのよ。まだまだ検討している段階だけど」

「本当に君って女性は……」

メラッド伯爵に念のため訪問の連絡を入れると、ぜひ本邸でも別邸でも泊まってくれと言われ、お言葉に甘えて別邸をお借りすることにした。この別邸には裏山から湧き出る源泉を引いてきて造った屋外のお風呂があるらしい。

それからしばらくして出発の日を迎えた。青く高い秋晴れの空はどこまでも澄んでいて、絶好の旅日和《びより》だ。

「どう？　似合っているかしら？」

わたしはモスグリーンのワンピースを摘《つま》むとヒラリと一回転してみせた。

「あぁ、とても可愛らしいよ。よく似合っている」

「ありがとう。わたしって昔から平民服が一番よく似合うのよ」

「えっ？　そんなつもりで言ったんじゃない。ソフィアは何を着ても可愛いって意味で言ったんだ。あ、もしかして二年前も……？」

わたしの嫌味が伝わったようで、わざとニマァと悪い笑みを浮かべてみせた。二年前に平民に扮して街歩きをしたときには、セドリックに純粋な目で「似合っている」と言われ何も言い返せなかった。けれど、今ではこんな軽口を叩けるような間柄になったことが嬉しい。

「ふふっ、冗談よ。全然怒っていないから安心して。それにしてもセドリックは何を着ても貴族に見えるのね。今回も帽子は必須かしら」

ダークグリーンのズボンに白のチュニックという何の変哲もない格好が、セドリックの手にかかるとなぜか高級品に見えてくる。王都で変装して出掛けてもいいが、目立つ容姿のセドリックでは顔バレの可能性がないとはいえない。少し離れた土地で、思う存分平民になりきって羽を伸ばしたいとずっと思っていたのだ。

半日ほど馬車に揺られると、メラッド伯爵領の中心地に到着した。紋章付きの馬車を預けると、わたしたちは早速夕暮れの街を散策する。間もなく食事時ということもあって、街の至るところから肉の焼ける美味しそうな匂いが漂ってくる。

「んー。とってもいい匂いね！　お昼が早かったからお腹《なか》ぺこぺこだわ。ね、セドリック？　ここのお店、なんだか良い雰囲気じゃない？」

わたしが指差したのはカウンターが十席、テーブル席が十卓くらいのバル風のお店で、ガラス越しに見た店内は既に多くの客で賑わっている。セドリックも快諾したので店内に入ると、テーブル席は満席でカウンター席に案内された。

早速飲み物を注文すると、わたしは食事のメニュー表としばし対峙する。地場産の食材を使った料理はどれもこれも魅力的だ。

「あの席にあるお料理、とっても美味しそう！　あっ、でもこれも気になるし……どうしようセドリック、わたし選べないわ」

「ふはっ！　時間はたっぷりあるし気になるものは全部食べたらいい。とりあえず乾杯しようか」

いつの間にか運ばれていたグラスを持つと、カチンッと軽く合わせる。渇いた喉に発泡性ワインが染み渡る。いつもより美味しく感じるのは旅行中だからだろうか。わたしは気になった料理を注文すると、いつもよりも早いペースでワインを飲み進めた。

「ふふふ、お料理もお酒も最高ね。ふふっ、なんだかとっても楽しくなってきちゃったわ」

「飲みすぎたか？　水をもらおう」

ピーク時間を迎え給仕たちは忙しそうに店内を動き回っており呼び止める暇もなく、焦れたセドリックはバーカウンターまで取りに行ってしまった。一人残されたわたしはフワフワと幸せな気分に浸っていた。

「お姉さん、お姉さん！」

「なにかしら？」

せっかく幸せな気分に浸っていたのに、急に後ろから野太い声が聞こえ遮られてしまう。振り返ると日焼けした若い男が人懐っこい笑顔を携えて立っていた。

「うわっ、めっちゃ美人！　後ろ姿が綺麗だったからつい声をかけたんだけど、前から見たらもっと美人じゃん」

「あら、お上手ね」

「お世辞じゃないって！　どうしよ、めっちゃタイプだわ。ねぇ俺と飲もうよ！　騎士団の治安維持部隊に勤めているから身元は保証されているぜ」

どうやら今入店したばかりの男は、連れがいることに気付いておらず、カウンターにいるわたしが一人で飲んでいると勘違いしたらしい。目の前のカウンターに片手をついた男は不躾な視線で舐め回すように見てくる。

「わたしはもうそろそろ帰るから、違うお姉さんと飲んだ方がいいわ」

「いや、お姉さん見ちゃったら他の子は誘えないよ。名前教えてよ」

「わたし、既婚者よ」

「またまたぁ。それ断る口実でしょ？」

「本当に結婚しているの。今日も夫と来ているの」

「えー全然見当たらないけど？　そんなに俺だめ？　これでもそれなりにモテるんだけど」

結婚していなくてもこんな無礼な男なんて願い下げだ。チャラついた見た目に手慣れた話し口。直感でこれは女の敵だとわかる。わたしの好みは誠実で真面目な男性だ。

「バーカウンターにいるとってもすてきな男性がわたしの旦那さまよ」

「えっ、そんな奴いねぇけど？」

そう言われバーカウンターを見遣《みや》るとさっきまでいたセドリックがいない。どこに行ったのかしら？　と思えば目の前にいた軽薄そうな男はわたしの後ろに視線を向けると「ひぃっ」と小さな悲鳴を漏らした。何事かと振り返ろうとした瞬間、背中からきつく抱きしめられ、よく知った大好きなアンバーの香りに包まれた。

「わたしの大切な妻に何の用だ？」

「いや……なにも……」

「なにも？　妻が迷惑そうにしていたのに気付かなかったのか？」

「…………」

「わたしの妻に触れてはいないだろうな？　指一本でも触れてみろ、その腕切り落としてやる」

「ひぃぃっ!!」

男は一目散に店から逃げ出した。確かにセドリックは長身だし、見た目だけなら冷たい印象を与える顔立ちではある。けれど男は騎士団所属と言っていたはずだ。あんな体たらくで大丈夫なのだろうか。

それにしても触れただけで腕を切り落としてやる、だなんて物騒な話だ。見た目にはわからなかったが、セドリックも酔っているのかもしれない。

「助けてくれてありがとう。しつこい男だったから困っていたの」

「本当にどこも触れられていないか？」

「ええ、どこも。心配かけてごめんなさい。それよりセドリック、眉間の皺がすごいわよ」

隣の席に腰を下ろしたセドリックの眉間に手を添えるとグリグリとマッサージする。それをセドリックは嫌がる様子もなく、ただ大人しく受け入れている姿が可笑しくて、なんだか先ほどまでの幸せな気分が舞い戻ってくる。

セドリックがもらってきた水を飲み終わると、わたしたちはメラッド伯爵の別邸へ向かった。二階建ての煉瓦造《れんがづく》りの屋敷はそれほど大きくないが、手入れが行き届き温かみを感じる家で、管理している使用人が数人いるだけの静かなところだった。

わたしは酔いのせいか馬車の中で睡魔に襲われ、セドリックの肩を借りて少しばかり仮眠をとったが既に限界だったようだ。うとうとしながらもどうにか使用人たちに挨拶を済ませると、そそくさとお風呂に入り、ぐっすりと眠ったのだった。

「うぅーん、よく眠れたわ」

翌朝、すっきりと目覚めたわたしは大きく伸びをすると、手短に準備を済ませ朝食に向かった。

そこには既にセドリックが待っていたが、醸し出す空気が暗く、なんだか生気が感じられない。

「セドリック大丈夫？　体調が悪いなら今日はゆっくり休みましょうか」

「あー……大丈夫だ。体調が悪いわけではないんだ。予定通り今日も街に行こう」

そう言って二日目も羽を伸ばし散策を楽しんだのだが、やっぱりセドリックの体調が心配だったのと、昨日酔っ払ってしまったことを反省して、今日は晩御飯を食べるとすぐに屋敷に戻ることにした。

「昨日は部屋のお風呂に入ったんだって？　わたしは一人で温泉に行ったが素晴らしかったぞ。今日はソフィアも温泉に入るといい」

「えぇ、もちろん今日は温泉にするわ。ふふっ、楽しみだわ」

「それじゃあ早く準備をするといい」

「……？　先に入ってきてくれて構わないわ。わたしはセドリックの後に入るから」

「何を言っているんだ？　一緒に入るに決まっているだろう」

「だめよ、そんなの。恥ずかしいじゃない」

「いや、一緒に入る。夫婦が一緒に温泉に入るのは常識だ」

そんな常識は聞いたこともないが、友人たちと話題にならなかっただけで、もしかしたらみんな入っているのかもしれない。それでも閨以外で裸体を見られるなんて恥ずかしすぎる。

「常識でもやっぱり恥ずかしいからだめ」

「照明を暗くする。それならいいだろ？」

「でも……」

「それならソフィアが湯船に浸かるまで、目を瞑っておこう。湯は乳白色だから入ってしまえば見えない」

こんなに食い下がるセドリックを見るのは初めてだ。温泉にこんなにも思い入れのある人だとは知らなかった。いつもわたしの我儘《わがまま》に付き合ってくれているし、そんなに温泉に拘りがあるのなら、ここはわたしが恥を忍ぶしかない。

「……いいわ。すぐに用意するから待っていて」

セドリックは途端に破顔した。その笑顔が見られるなら、これくらいどうってことない……とそのときは思ったのだが、わたしは今、湯船の中で安請け合いしたことを後悔していた。

「ん……んぁ……ちょっとセドリック、こんなところでだめよ」

「だめじゃない。こんなに尖《とが》らせて身体は喜んでいるようだが？」

「あんっ……喜んでなんか……っんん……」

今わたしはセドリックの脚の間に挟まれるように座らされ、後ろから胸を執拗《しつよう》に捏ねくり回されている。乳白色のお湯の中では、いやらしい手が胸をたぷんと持ち上げたり、揉みしだいたり、先端を指で弾いたりと、絶え間なく動き続けている。

「はぁ……ここ屋外よ。声が……んっ……聞こえちゃうわ」

「できるだけ我慢してくれ。誰にもソフィアの甘い声を聞かれたくないんだ」

そう言うくせにセドリックの片手は胸から腹へ、そして太腿《ふともも》から脚の間へと伸びてきて、ついにはあわいにまで到達した。

「……すごく濡れている。もしかして興奮しているのか？」

「……そんなこと言わないで」

「くくっ、ここを触るとソフィアはどうなるんだろうな」

「えっ？　……ああっ！　んんっ……ん……」

一番敏感な部分を指で摘まれ、一際大きな声が出そうになった瞬間、唇を唇で塞がれ、わたしの嬌声はセドリックに飲み込まれてしまう。ビクンビクンと跳ね上がる身体はきつく抱きしめられ、快感を逃す術もない。

「もう達したのか？　ソフィアはいやらしいな」

嬉しそうに笑うセドリックをわたしは涙目で睨みつけた。

「そう怒るな。わたしが昨日どれだけ焦らされたか。これで終わりじゃない」

ふっと身体が持ち上げられると、風呂枠に座らされる。湯船の中に跪《ひざまず》いたセドリックはわたしの膝を持って開くと、そっと秘部に口を寄せた。

わたしの悦いところを知り尽くしたセドリックにより、愛液はとめどなく溢れてくる。それをジュルジュルと啜《すす》られる水音と、温泉がチロチロと湯船に落ちる水音だけが聞こえる淫靡な空間。わたしは必死に声が漏れないように、口に手を当てながら何度も絶頂を迎えた。

のぼせたせいなのか、度重なる絶頂のせいなのか。火照《ほて》った身体はふわふわとしてどこかへ飛んで行きそうだ。

放心し、ただ肩で息をするわたしを見上げたセドリックはニヤリと笑う。そしておもむろに身体を起こすと、汗で顔にべったりと張り付いたわたしの髪を優しい手つきで後ろに流した。

「あぁ、こんなに蕩けた顔をして……たまらないな」

そうひとりごとのように呟いたセドリックはわたしの身体の向きを変えると、壁に手をつかせた。そして耳元で「挿れるぞ」とひどく熱っぽい声で囁《ささや》いたその直後、後ろから熱く滾ったもので一気にわたしの最奥を突き上げた。

湯がバシャバシャと音を立てるほど、何度も何度も身体の深いところに剛直を突き入れられる。まるで獣のような激しい交わりに羞恥を覚えるのに、わたしは本能のままにさらに尻を突き出し、善《よ》がってしまうのを止められない。

言葉を発することもなく、ただ快感に身を任せ、貪るようにお互いを求めあう。そして深くて長い絶頂を迎えると、セドリックもまた熱い白濁を中に吐き出した。

長い交接が終わり、理性を取り戻したわたしは羞恥心で泣きたくなったが、半面セドリックはひどく上機嫌にわたしの身体を清めるとタオルで拭き上げ、手際よく寝衣を着せた。

そしてあろうことか身体に力が入らないわたしを抱き抱えると、そのまま寝室にズンズンと向かい寝台に押し倒すと二度目の交接を始めたのだった。


「昨夜はやりすぎよ。せっかくの最終日なのに」

「……申し訳ない。一日目を我慢したせいで、たがが外れてしまった」

翌昼、わたしはセドリックにお灸《きゅう》を据えていた。だがそれも仕方のないことだと思う。二度目で終わると思われた交接はその後も続き、わたしが疲れ果てて眠るまで続いたのだから。

結果、身体は怠くて動けそうにもなく、旅行最終日だというのに昼まで寝台にいる羽目になった。

「今夜はしないわよ」

「えっ？」

「そんな顔をしても絆《ほだ》されません。今からわたしは一人でゆっくりと温泉に入ってくるけど、セドリックは絶対に入ってこないで」

「手は絶対出さないから一緒に入るだけでも……」

「だめよ」

ピシャリと言い切ったくせに、しょんぼりと項垂れたセドリックの姿に、わたしの怒りが長続きすることはなく、温泉からあがる頃にはすっかり機嫌を直していた。だからといって今夜はさすがにする気にはなれないが。

　旅行最終日はゆっくりと過ごし、翌朝には屋敷を発《た》った。王都に戻ると楽しかった四日間が嘘のように、すぐにいつもの日常が始まったのだった。

　ちなみに、温泉は夫婦で入るのが常識なのかと大真面目に友人に問うたところ、そんな常識などないと一笑を買ってしまったのは言うまでもない。

〈9〉

秋も終わろうとする頃。わたしは数年ぶりに体調を崩してしまった。

昨日の公休日は晩秋とは思えないほど暖かい日差しが降り注ぎ、どうしても遠乗りに出かけたくなったのだ。酪農が盛んなローゼン伯爵領では、幼い頃から毎日のように馬に乗っていたし、学園でも乗馬は得意科目だった。

本格的な冬が来てしまえば数カ月間は乗馬を控えなければならない。そう思うと居ても立ってても居られず、つい我儘を言ってしまったのだが、セドリックは嫌な顔ひとつせず快く応じてくれた。

端的に言って、遠乗りは最高だった。

黄色や赤に色づいた美しい葉がヒラヒラと舞う中、サクッサクッと落ち葉を踏み締めながら馬が駆ける。日差しは暖かいが頬には冷たい風が当たり、清々《すがすが》しいエネルギーが体内に取り込まれていくような錯覚を覚える。

乗馬も得意だというセドリックの背中を見つめながら、久しぶりの遠乗りを満喫していると、時間はあっという間に過ぎ去っていた。

ここで大人しくやめておけばいいものの、名残惜しくなったわたしが調子に乗ったのが悪かった。あと少しだけ、あと少しだけ……とやっているうちに段々と日差しは弱くなり、凍えるような風が吹き始めたのだ。

そこで急いで帰路に着いたが、もはや手遅れだった。寒風に晒された身体は湯浴みをしてもカチカチと震え、一気に襲いかかってきた高熱にうなされる羽目になってしまった。

「まぁ、風邪でしょうな。暖かくしてゆっくりしておけばじきに良くなるでしょう」

医者の診断は思っていた通り、ただの風邪だった。やってしまったな……と反省しきりで、セドリックがなんともなかったことだけが救いだった。

「旦那さま！　お待ちください！」

何やら廊下が騒がしいな……と思った瞬間、自室の扉が勢いよく開いた。

「……!?　セドリック？」

部屋に入ってきたセドリックの瞳は今にも泣き出しそうだ。寝台に横たわるわたしを見たセドリックはズンズンと大股で近づいてくる。

「来ちゃだめよ！　あなたにうつると大変だわ！」

だが、わたしの制止する声が聞こえていないのか、そのまま速度を緩めることなく寝台横までやってくると、手を両手でギュッと包み込まれた。

「ソフィア……すまない。わたしが付いていながらこんなことになってしまって」

「もう、だめだって言ったのに。それに、これは自業自得だから、セドリックが自分を責める理由なんてないわ」

「いや、わたしのせいだ。ソフィアの楽しそうな顔をもう少し見ていたいと、陽《ひ》が落ちてきているのをわかっていながら止められなかった」

「いや、我儘を言ったのはわたしの方よ。セドリックが風邪をひかなくて良かったわ。さぁ、うつるといけないから早く外へ」

「いや、わたしが看病する」

「えっ!?」

呆気《あっけ》に取られている間に、「アルベール、この部屋に簡易ベッドを今すぐ準備してくれ」と後ろに追いついていた侍従にテキパキと指示を出し始めていた。

「ソフィアは今、食欲はあるか？　今リゾットを準備させている」

そう言いながら、額に置かれたタオルを取ると、冷たい水に浸し、また額へそっと戻す。それはあまりに自然な動作で手慣れているように見える。

普通であれば、アルベールは風邪がうつらないようにわたしからセドリックを遠ざけるべきだ。それなのにどうしてか何も言わず大人しく従っている。

やがてほわほわと湯気の上がるリゾットが運ばれてくると、セドリックはわたしの背に手を回し、起き上がるのを手助けしてくれた。

たかが風邪くらいでいささか大げさすぎる気もしたが、厚意を無下にしたくない。素直に甘えていると、あろうことかリゾットを手に取ったセドリックは手ずから食べさせようとまでしてきた。

「さぁ、ソフィア。口を開けて」

「……!?」

「ん？　ソフィアは猫舌だったか？　ふぅふぅ……これで大丈夫だ」

「…………!?」

「食欲がなくても少しは食べた方がいい、さぁ」

「……じ、自分で食べるから！」

厚意は無下にしたくないが、いかんせん周りにアンベルやアルベールがいるのだ。セドリックからリゾットを奪い取ると、これ以上余計な心配をかけないように必死に口に運び、じきにお皿は空になった。

まさかと思ったが夜もつきっきりで看病された。額のタオルを交換し、首元の汗を拭い、温かい飲み物を作る。その過保護にも思える献身ぶりを、わたしはありがたいと思うと同時に、痛ましいという思いも抱いていた。

甲斐甲斐しく世話を焼くセドリックの瞳には怯えにも似た色が浮かんでいるのだ。

ふと夜中に眠りから醒《さ》め、ぼんやりと灯りを辿ってみたときも、寝台横に移動させた椅子に座るセドリックの表情は酷く虚ろで、何度わたしが「もう大丈夫だから」と伝えても、セドリックは頑なにわたしの側から離れようとしなかった。

結局、わたしに寄り添い続けたセドリックは持ち込んだ簡易ベッドを使うことなく、そのまま朝を迎えることとなった。

「ソフィア、おはよう。気分はどうだ？」

「おはよう。わたしはセドリックのおかげで随分良くなったわ。本当にありがとう。……でもセドリックの方が酷い顔よ？　お願いだから少しは眠ってちょうだい」

わたしは至れり尽くせりの看病のおかげで、随分とマシになったが、半面、セドリックは目の下のクマは酷いし、一晩でだいぶやつれたようにも見える。

「旦那さま、奥さまのおっしゃる通りです。王宮には既に休暇申請しておりますので、お願いですから少しでもお休みください！」

顔色の良くなったわたしと、アルベールの必死の懇願に屈したセドリックは、渋々といった様子で簡易ベッドに入った。するとたちまち小さな寝息が聞こえてくる。

その顔をじっと見つめていると、婚約の顔合わせのときのことがふと思い出された。あのときもセドリックは生気のないこんな顔をしていた。

「奥さま、お身体の具合はいかがですか？」

セドリックが完全に寝入ったことを確認したアルベールは、悲しげな表情で問いかけてきた。

「えぇ、セドリックのおかげでもう大丈夫よ」

「それは、ようございました。……昨日はさぞかし驚かれたことでしょう」

「……そうね。辛い記憶を思い出させたみたいね。申し訳ないことをしたわ」

「やはりお気付きでしたか……。奥さまは何も悪くございませんので、どうかお気になさらないでください」

あまりの献身ぶりに、熱で働かない頭でも否《いや》が応《おう》でも気付いてしまった。セドリックはパトリシアさまの闘病生活を、そしてその後のことを思い出し、恐怖を感じていたに違いない。

また妻を失うかもしれないという絶望の深さは、経験した者でないとわからないものだろう。

「元々お身体が丈夫な方ではありませんでしたが、パトリシアさまも、最初は普通の風邪のような症状だったんです」

「そう、それであんな大げさなほど看病してくれたのね」

「はい。それで少しでも旦那さまのお気持ちが救われるならと……申し訳ありません」

「いいえ、アルベール。あなたの判断は正しかったと思うわ」

今なお癒えない記憶に引きずられるセドリック。この苦しみからセドリックを解放してあげるためにわたしができることはただひとつ、体調を戻すことだけだ。

それからわたしはしっかり寝て、しっかり食べて、翌日にはすっかり全快していた。そしてもう決してこんなばかみたいなことをして体調を崩さないと心に誓い、神とパトリシアさまにこう祈ったのだった。

『どうかわたしをセドリックよりも先に連れていかないでください』

もう二度とセドリックにあんな表情をさせたくなかった。

◇　◇　◇

それからしばらくが経ち、春の気配を感じるようになった頃。わたしたちは結婚二周年の記念日を迎えていた。

この日をとても楽しみにしていたわたしは、大人気の観劇のチケットを、つてを駆使してだいぶ前から手に入れていた。それにとってのおきのプレゼントだって用意してある。

ジュラバル侯爵家のタウンハウスの一室では、わたしと侍女たちの賑やかな声が溢れていた。

「ねぇ、今日はこの髪飾りに合うドレスがいいんだけど、このブルーグレーのドレスはどうかしら？　わたしには少し大人っぽすぎるかしら？」

わたしが手にしているのは、レース風の繊細な透かし模様が美しいオーバルのバレッタに、サファイアをちりばめた華やかな逸品である。最近注目している新しい工房の銀細工職人によって精緻な加工が施された髪飾りは、今日のために誂《あつら》えたお気に入りだ。

「とんでもないです！　近頃の奥さまはぐっと大人っぽくなられて、この落ち着いた色味のドレスもよくお似合いになられますよ」

「そうです！　それにこのドレスでしたら、さぞかし奥さまも髪飾りも引き立つことでしょう」

そう力強く肯定され、選んだドレスを身体に合わせ姿見に映した。

銀糸をふんだんに織り込んだ花柄のジャガード生地を贅沢に使用したブルーグレーのドレスは優

美でいてエレガントだ。少々背伸びをしたデザインだが、いつかの夜会で大人っぽいドレスも似合うとセドリックに褒められたこともあり、挑戦してみてもいいかもしれない。

「それでしたら、髪はゆるく編み込んでハーフアップにまとめられるのもすてきだと思います。それにしても、いつ見ても奥さまの御髪《おぐし》は美しいですわ」

そう言ってヘアメイク担当の侍女はうっとりと頬を上気させながら髪を結いはじめた。

ほどほどの見た目であることは重々承知しているが、こうやって日々上手に誉《ほ》めそやしてくれる使用人たちのおかげで、最近は女性としての自信もついてきた。

今日だって、わたしがこの日をどれほど楽しみにしているかを知っている使用人たちは、お出かけは夕暮れからだというのに、昼餐が終わって早々に準備に取り掛かった。

まずは花の浮くバスタブで湯浴みをし、次に頭から足先まで念入りにマッサージを施された。その後はやけに良い匂いのクリームを塗り込まれ、やっとドレス選びまで漕《こ》ぎ着《つ》けたのが、つい先ほどだ。

既に息切れしそうな勢いだが、使用人たちの心遣いが嬉しい。二年前の結婚式が終わり、この屋敷に来たときとは全く違う、温かな眼差しや、居心地のよい雰囲気につい笑顔が零れる。

姿見に映る自分は、肌には艶があるし、顔の輪郭もほっそりとしていて、確かに結婚当初よりも綺麗になったかもしれない。

「奥さま、今夜は冷え込むようなので、こちらのケープも羽織ってくださいね。美しいお胸が隠れてしまうのはもったいないですが、お風邪を召されてはいけませんので」

そう言って差し出されたのはミルク色のケープだ。ベルベット生地で作られたケープの襟周りには、同色の肌触りの滑らかな毛皮があしらわれている。

最近は春らしい柔らかな日差しが降り注ぎ、少しずつ小さな花々が咲きはじめ、街をカラフルに彩っていた。

だが今日は寒の戻りなのか、窓から見える空はどんよりとしていて、冷たそうな風が吹いている。

「えぇ、そうね。風邪をひいて、この間みたいにセドリックに心配をかけてしまっては大変だわ」

またセドリックにあのような表情をさせてしまうくらいなら、ケープの一枚や二枚、いくらでも羽織るつもりだ。ちなみにこのミルク色のケープは、あの風邪の後、セドリックから身体を冷やさぬようにと渡された贈り物である。

「奥さま。本当によくお似合いでございます。普段も大変お美しいですが、今日は一段とお美しいです。旦那さまも惚れ直されるに違いありません」

アンベルに大げさなほど褒められるのも気恥ずかしいが、今日のわたしは侍女たちのおかげで自分でもなかなかの仕上がりになっていると思う。

この姿をセドリックが見たらどんな反応をしてくれるのか、不安もあるが楽しみで仕方ない。

美しいと思ってくれるだろうか。大人っぽくなったと思ってもらえるだろうか。セドリックの瞳の色と同じサファイアの髪飾りに気付いてくれるだろうか。

不安と期待が入り混じった感情で鏡に映る自分を見つめていると、扉をノックする音が聞こえた。

「ソフィア、準備はできたかい？」

そう言いながら入室してくるセドリックは、濃紺のディナーコートに見事な蔦《つた》模様の刺繍《ししゅう》が施されたアイボリーのベストを合わせている。

おそらく、わたしの選んだドレスの色味を使用人の誰かが伝えたのだろう。似たような色味を選んでくれたセドリックの可愛らしい一面に、つい顔がほころんでしまう。

昼餐後すぐに支度をはじめたわたしとは違い、少し前まで執務室で仕事をしていたとは思えないくらいの眩《まばゆ》さが悔しい。わたしの数時間の努力など余裕で超えてくる美しさだ。

「今日は一段と美しいな。ドレスもよく似合っている。観劇じゃなくソフィアばかり見つめることになりそうだな」

わたしを見つめる瞳はいつも通り柔らかい。思っていたよりも良い印象を持ってもらえたようでホッと一安心する。

いつも通りセドリックにエスコートされ、屋敷の者たちに見送られながら馬車に乗り込むと、さほど時間はかからず劇場に辿り着いた。

今日の観劇は悲恋の物語だ。

対立する派閥の元に生まれた貴族の令息と令嬢が導かれるように出会い、恋に落ちる。だが運命の悪戯《いたずら》のせいで二人は毒をあおって死んでしまうというお話で、大変人気のある演目である。

苦労して手に入れたボックス席から見る舞台は、涙なしでは見られないほどの素晴らしさだった。ふっとセドリックの横顔を見遣ると、その瞳も僅かに潤んでいるようにも見えた。だが退席するときにはもう普段通りの落ち着いた様子で、涙の跡は見えなかった。もしかしたらわたしの涙でそう見えただけかもしれない。

その後は評判の良いレストランで食事をした。話題は尽きることなくあっという間に最後のデザートになり、準備をしていたプレゼントを渡す。わたしの新緑色の瞳に合わせて作ったエメラルドのカフリンクスだ。

「これをわたしに？　ありがとう。大切にするよ」

セドリックは嬉しそうに目を細めながら受け取ってくれた。もしかしたらそこで付け替えてくれるかもしれない、と淡い期待を抱いていたが、そのまま丁寧に箱に戻されてしまった。

セドリックが用意してくれたプレゼントはルビーのイヤリングだった。雫《しずく》型の大きな一粒ルビーの輝きを引き立たせるように、小粒のダイアモンドが二重に取り巻いているデザインで、優雅に煌めく様は、息を呑むほどの美しさだった。

「ソフィアの美しいブロンドの髪にこの赤色が似合うと思って」

そう照れたように笑うセドリックにイヤリングを付け替えてもらう。首にセドリックの温かな手が触れると、わたしの心臓は人知れず鼓動を早くする。

「どう？　似合うかしら？」

「あぁ、思った通りだ。赤いダリアのように華麗で気高いソフィアに似合うと思って選んだんだ」

そう言うとセドリックは耳にぶら下がったルビーを指で揺らす。

揺れるルビーを見つめる眼差しが切なげに陰っていたことなど、浮かれきったわたしが気付く由もなかった。

〈10〉

記念日デートが成功し、しばらく経った頃、わたしはこれまで経験したことのない身体の怠さを感じていた。日中も眠くて眠くて仕方がないし、大好物が用意されても食べる気にもならない。もしかしたら悪い病気にでもなったのかもしれないと、アンベルに指示してすぐに主治医に来てもらうことにした。

「おめでとうございます。ご懐妊ですね」

「えっ…………」

驚きのあまり何を言われたのかすぐにはわからない。けれど、主治医のニコニコと微笑む顔を見てようやく妊娠したのだと理解した。胸の中がじんわりと温かくなるような感覚が広がり、わたしの瞳からポロポロと涙が零れ落ちる。

「よ……良かった……本当にここにいるのね……」

まだ膨らみもないお腹をさわさわと優しく撫でる。ここに赤ちゃんがいるのだと思うと、既に愛《いと》しくてたまらない。

同席していたアンベルと家令も涙を流している。わたしとセドリックだけではない、屋敷の者たちや侯爵領にいる侯爵夫妻みんなが待ち望んでいた我が子がここにいるのだ。

「わたしとセドリックの赤ちゃん……来てくれてありがとう……」

とめどなく溢れる涙は温かい。嬉しくて愛しくて、こんな幸せなことがあるのかと信じられないほどの喜びが身体中を駆け巡る。

「出産は秋頃になる予定です。妊娠中の注意点などをまとめた冊子を後ほどお持ちいたしますね」

主治医の言葉にハッとした家令は、喜び勇んで屋敷中の者にこのおめでたい話を広めようとしたが、わたしは急いでストップをかけた。まだ王宮に出仕しているセドリックが帰ってきていないのだ。

一番に伝えるのはセドリックにしたい、わたしの言葉で伝えたい、みんなに伝えるタイミングが来れば指示を出すからそれまでは普段通りに仕事をしてバレないようにしてほしい。そうお願いすれば、家令は先走りすぎたことを謝罪し、快くわたしの提案を受け入れてくれた。

最近のセドリックは多忙を極めていた。長らく婚約状態であった末の王女殿下と隣国の王子との結婚が決定し、両国の関税品の税率引き下げや軍事協定など制定し直す事項が多く、宰相補佐室は猫の手も借りたいほどの忙しさらしい。朝餐も晩餐も共にできず、帰宅してからも執務室で仕事をする日々がここしばらく続いていた。

「ねぇ、アンベル。手作りの夜食を差し入れして、そのときに伝えるのはどうかしら？」

「結構なことだと思いますよ。ただ、決してご無理はなさらないでくださいね。もうお一人のお身体ではございませんよ」

「ふふっ、わかっているわ。けど妊娠だと告げられた瞬間、不思議なくらい体調不良がなくなったのよ」

あんなに気怠かった身体も今ではスッキリとしている。むしろいつもより調子がいいくらいだ。

一人で夜を迎える寂しさも今夜は感じない。わたしは厨房で料理人たちに教えを請いながら、鼻歌まじりでサンドイッチを作った。セドリックの好きなものをたくさん挟んだ栄養たっぷりのサンドイッチの出来栄えは、料理人たちの作ったものに比べれば見た目こそ見劣りはするが、味は満足できるレベルに仕上がった。

わたしは浮き足立つ気持ちを抑えながら執務室へ向かうと、扉の前に立ち、大きく深呼吸をひとつ吐いた。

妊娠したと伝えたらセドリックはどんな顔をするだろう？　喜んでくれるのは間違いないけれど、どんな笑顔を見せてくれるのか。もしかしたら嬉しさのあまり泣き崩れてしまうかもしれない。そんなセドリックの姿を想像すると、ふふっと小さな笑みが零れてしまう。

ニヤつく顔をどうにか抑えて扉を小さくノックするが反応はなく、もう一度、今度は少し強くノックするがやはり反応はない。セドリックが帰宅して執務室にいるのは間違いない。わたしは仕方なくそっと執務室の扉を開けると、小さな声で「失礼しまーす」と声をかけた。

普段ならきっと反応がない時点で引き返していた。けれど今日のわたしはいつになく浮かれていたし、そして何よりも早くセドリックに伝えたくて仕方なかった。

だからわたしは気付かなかったのかもしれない。サプライズなんて大抵は失敗するものだし、まして夫の部屋に入るだなんて愚かな真似でしかないということを。

執務室の中は灯りがともされておらず、セドリックの姿も見えない。執務室の横にある仮眠室の扉は半開きで、そこから微かな光が漏れている。きっとそこにセドリックもいるのだろうと、わたしは薄暗い部屋に一歩、また一歩と足を踏み入れた。

半開きになった扉からは胸のあたりを手で押さえ、しゃがみ込んでいるセドリックの背中が見えた。何か身体に異変があったのかもしれないと駆け寄ろうとしたが、不意に聞こえてきた言葉でわたしの身体は凍りついたようにその場で硬直してしまった。

「シア…………シア…………」

嗚咽《おえつ》を堪えきれず、シア……パトリシアさまの愛称を切なげな声で呼ぶセドリック。何かを抱きしめている背中は小刻みに震えている。

「……シア……すまない……君をずっと愛していた……」

辛そうに声を震わせるセドリックに声をかけることなんてできるわけもない。

切なそうに愛しい人の名前を呼ぶ声。自分に向けられない愛の言葉。その残酷な現実に狂おしいほどの嫉妬が身体中を埋め尽くす。眩暈《めまい》がするほど心臓が苦しい。

そしてようやくわたしは気付いたのだ。

わたしはセドリックを愛しているのだと。

わたしはセドリックに愛されたいのだと。

叶うことのない願い。初めての恋に気付いたと同時に、その恋は永遠に失われた。

わたしの足は凍りついたように動かないが、早くこの場を去らなければならない。きっとわたしがいることに気付けばセドリックは誠実に謝ってくれるだろう。そしてきっといつものようにこう言うのだ。『あなたが大切だ』と。

この場から逃げ出したい一心で動かない足を無理矢理に動かす。音を立てないように執務室からそっと出て行くと足早に自室に戻る。こんな惨めな姿を使用人たちに見られてはいけない。今は体裁を取り繕うことなんてできそうもない。叫び出したい気持ちを飲み込むだけで精一杯だった。

部屋に入るとベッドに突っ伏して泣いた。枕に向かって声にならない声をあげる。

涙は次から次に溢れてくる。ポタポタと流れる涙は枕を冷たく濡らした。

ベッドに身体を投げ出し、愚かな過去の自分と対峙する。

幼い頃の自分は何もわかっていなかったのだ。セドリックほどすてきな男性が側にいて愛さないでいられるわけなんてない。〝信頼で結びつく夫婦〟なんて、片一方が愛してしまった時点で、愛を求めてしまった時点で破綻しているのだ。今になってあの時兄の言った「お前は何もわかっていない」という言葉の意味が痛いほどにわかる。

愛することが、愛されないことが、こんなにも苦しいことだなんて思いもしなかった。

セドリックは今でもずっとパトリシアさまだけを愛している。そんなこと、先ほどの愛の言葉を聞くまでもなくわかっていたことなのに、改めて突きつけられた事実にこんなにも心を抉られる。

パトリシアさまを呼ぶ声はどこまでも切なく、どこまでも恋い焦がれていた。あんな風にわたしの名を呼んでくれたことなど一度もない。

幼かったでは片付けられない過ちに自嘲の笑みが零れる。

何が『忘れられなくて当然です。どうかお気になさらないでください』だ。愚かなわたしには二人の愛の深さや長さに嫉妬する資格などない。

それなのに次々と思い浮かぶのは嫉妬にまみれた汚い感情ばかりだ。

わたしにも愛の言葉を聞かせてほしい。

その言葉を囁くあなたはどんな表情をしているの？

どんな瞳でパトリシアさまを見つめて抱いていたの？

少しでもわたしに愛を感じたことはなかったの？

もっとわたしを求めてわたしの名を呼んでほしい。

どうかわたしを愛してほしい。

比べてはならない、比べても惨めになるだけだ、そう僅かに働く理性が警鐘を鳴らすのに、負の感情に支配された心がそれを許さない。

運命の女性であるパトリシアさまと、条件の合う後妻であるだけの自分。それが今さらになって苦しいだなんて、そんなことを言う権利なんて、わたしには一切ない。

自分が言ったのだ。『忘れられなくて当然です』と。

自分が選んだのだ。愛し愛される夫婦でなくてよいと。

幼い頃から憧れていたパトリシアさま。その気持ちは今でも変わることはない。それなのに、湧き起こるドロドロとした醜い感情を抑えることができない。激しい自己嫌悪を覚えながら、惨めたらしくセドリックとの楽しかった日々を思い出して泣いているうちに、窓から見える空は少しずつ白みはじめる。

こんなに朝が来なければいいのに、と思った日はない。ずっと暗闇であれば、泣いていても誰にも気付かれないで済むのに。

数日前の記念日ではあんなに寒かったのが嘘のように、外では気の早い鳥たちが囀《さえず》りはじめている。憎らしいほど麗かな春の朝は、より一層わたしを惨めにさせた。

身体が怠くて動く気力もないそれが妊娠のせいなのか精神的なもののせいなのかはわからない。ただ、窓際のソファでぼぉっと外を眺めていると、馬の蹄《ひづめ》の音が聞こえてきた。どうやらセドリックが出仕する時間のようだ。

顔を合わせるのがこんなにも辛いくせに、後ろ姿だけでも遠目に見たい、そんな自分でも理解できない矛盾した感情に押されるように、わたしはソファから立ち上がるとそっと窓際に立った。

馬車に乗り込もうとする後ろ姿をじっと見つめる。

すらっと伸びた長身、春風に揺らめく漆黒の髪、見た目よりも逞しい背中。魅入られたように見つめていると、不意にセドリックは振り返った。

心臓がドクンと大きな音を立て、わたしは咄嗟《とっさ》に壁に身を隠す。

こっちを見た？　そんな風に一瞬考えたが、すぐにそんなわけない、と思い直る。視線の先がわたしのいる場所に向けられているように見えもするが、まだ夜明けすぐの薄暗さが残る中だ。ただの勘違いに違いない。

しばらくこちらの方向を見つめていたセドリックが向き直り、二頭立ての馬車に乗り込むと、王宮に向かって走り出した。その姿が見えなくなるまで見送ると、へなへなと窓枠にもたれかかる。

いまだに身体中の血は沸騰したようにドクドクとうるさく脈打っている。

それからどれくらいの時間が経ったのだろう。あのまま窓際のソファにへたり込んだわたしは、呆《ほう》けたように明るくなっていく空を見ていた。

扉をノックする音と共にアンベルの声が聞こえる。入室を許可すると、いつもより張り切った様子のアンベルが、明るい声で挨拶をしながら部屋に入ってきた。

「奥さま、おはようございます。今日はお早いお目覚めだったんですね。妊娠中は身体が目まぐるしく変化しますから、眠たい日もあれば眠れない日もありますのでご心配なさらないでください」

目の下にはきっと酷いクマができてしまっているだろうが、どうやら勝手に妊娠の影響だと解釈してくれたのか、それ以上は何も言われることも勘繰られることもなかった。

「サンドウィッチは旦那さまに持って行かれなかったのですか？」

テーブルに置かれたまま乾燥してしまったサンドウィッチを見て、アンベルは不思議そうに尋ねてくる。

「……えぇ。ちょっと味見をしてみたらあんまりだったの。せっかくの初めての料理なのに失敗作だなんて恥ずかしいでしょう？」

「そう……ですか？　料理長お墨付きの出来栄えだったと聞きましたが……もしかしたら妊娠して味覚が変わったのかもしれませんね」

苦しい言い訳だったが何とか納得してくれたようだ。

「それでね、まだセドリックには妊娠したことを伝えられていないの。だからもう少し黙っていてちょうだいね」

「それは勿論《もちろん》でございます。ただ、妊婦に適さない食材もありますので料理長には早めに伝えなければなりません。どうかお早めにお話しくださいませ」

妊娠したことは二人の問題なのだから、セドリックには早く伝える義務がある。

なかなか子を授からない中でも、急《せ》かすことなく待っていてくれた領地にいる侯爵夫妻にも早くお伝えして安心してもらいたい。

そう思うのに、今はまだどうしても話す気分にはなれなかった。もう少しだけ時間が欲しかった。

◇　◇　◇

目の下のクマを心配したアンベルに今日はゆっくりするようにお願いされ、わたしは庭園の垣根に遮られた場所にある椅子に腰掛けていた。

アンベルには一人になりたいと言って下がってもらっている。

庭には当たり前のように、パトリシアさまが愛した白くて可憐な花々が咲き乱れている。腕の良い庭師によってこんな春先から咲いているスズランが春風に揺れている。そんな様子をぼぉっと一人で見ていると、垣根の向こう側から使用人たちの声が聞こえてきた。どうやら洗濯婦たちが仕事をしながら話に花を咲かせているようだ。

「最近の奥さまは以前にも増してお綺麗になったと思わない？」

「わたしもそう思うわ！　きっと旦那さまと良い感じだからじゃない？」

「そうね。嫁がれてすぐの頃はパトリシアさまの場所が奪われた気持ちになって奥さまと認めたくなかったけれど、今ではソフィアさまのことが好き……というか忠誠を誓っているわ。だから旦那さまと良い感じになってくれて嬉しい！」

「わたしもよ。お綺麗だし、えこひいきもされないし、指示も的確だし。それに嫁がれてすぐのときにわたしを名前で呼んでくださったのよ！　こんな下っ端の名前まで覚えてくださっていたことに感激したものよ！」

どうやらわたしの悪口じゃないようでほっとする。嫁いでから真面目に取り組んできたことを、こうやって評価してくれていることが嬉しくて、沈みきっていた気持ちが少しずつ浮上してくる。

だが続けて聞こえてきた会話に、またしても気持ちはどん底に突き落とされた。

「でも……この前の結婚二周年の記念日のときは心が痛かったわ。ご自身で旦那さまの瞳の色の髪飾りを買って、プレゼントはご自身の瞳の色のカフリンクスでしょう？」

「そうよね。パトリシアさまのときはお二人でお揃いの髪飾りとカフリンクスを選ばれて贈り合っていらしたわね。同じサファイアで対になるデザインになっていて、いつも身につけていらっしゃったからよく覚えているわ」

「旦那さまが贈られたルビーのイヤリングも王家御用達《ごようたし》のデザイナーが手掛けた、かなり高価なものらしいけど……やっぱりまだ旦那さまは……」

それ以上は聞きたくなくて両手で耳をぎゅっと押さえる。

心が剥離《はくり》されたように痛くてたまらない。

わたし一人が記念日に浮かれて、あんな贈り物をしたことが恥ずかしくて惨めでたまらない。

思えばセドリックに贈ったエメラルドのカフリンクスをつけているところなんて見たことない。

パトリシアさまとの想い出を上書きするようなものを身につけたくないなんて当然の心情だ。

わたしは髪に手をやると引きちぎるようにサファイアの髪飾りを取り去った。パトリシアさまの輝くような銀髪には、さぞかしサファイアの髪飾りが映えていたことだろう。わたしには似合わない。強く握りしめた手に髪飾りが食い込むが痛みなんて感じなかった。

心がボロボロだった。昨日の今頃は妊娠を告げられあんなに幸せな気持ちでいたのに。

『辛くなったときは外聞など気にせず家に戻ってくるんだ』

そう言った兄の言葉が思い出される。

そんなこと許されるのだろうか？　ただ、今はここにいるのが辛くてたまらない。気持ちを整理する時間が欲しい。整理して落ち着いたら、婚約した頃のように〝信頼で結びつく夫婦〟を目指すから、最初で最後の我儘を許してほしい。

トボトボと自室に戻るとアンベルと家令に実家のローゼン伯爵領でしばらく過ごしたいと告げた。自然豊かな場所で妊娠初期の不安定な時期を心穏やかに過ごしたいのだと言えば、嫌な顔ひとつ見せず賛成してくれた。

セドリックには母の具合が悪いから様子を見に行きたい、と嘘で固めた手紙をしたため、王宮まで使いを走らせ了承を得た。

それからすぐに最低限の荷物だけまとめると、一日もかからず出発する準備が整った。翌朝、妊婦のわたしを一人で行かせるわけにはいかないと断固として譲らなかったアンベルを連れて、屋敷の前に停めた馬車のところまで行くと、いつもなら既に出仕している時間にもかかわらず、セドリックが見送りに来ていた。久々に真正面から見たセドリックは多少疲れているように見えたが、思っていたよりも元気そうだ。

わたしはできる限り平静を保ち、気を抜けば零れそうになる涙を必死に抑え込んだ。そんなわたしの気持ちになんて気付くはずもないセドリックは、目を細め、まるで愛しい者を見るような、優しい眼差しを向けてくる。そんなセドリックが愛おしくて、愛おしくて、そして苦しい。

侯爵家の紋章の入った豪奢《ごうしゃ》な馬車の前で、最後の出立の挨拶を終えると、セドリックは包み込むようにわたしを抱きしめた。それは思いの外長く、家令に「旦那さま?」と声をかけられても続き、再度、「時間が……」と促されてようやく渋々といった様子で身体を離した。そしてわたしに軽く口付けを落とすと、頬を指で優しくなぞるように撫でた。

「母君の一日も早い回復を祈っている。道中気をつけて行くんだよ」

なぜそんな優しい声色で、そんな切なげな眼差しでわたしを見つめるのか。

戸惑いに心がもつれ、相応しい返事もできず、わたしはただ曖昧な笑みを返した。

馬車に乗り、窓から見える景色が美しい王都の街並みから、緑生い茂る街道に変わっても思い浮かぶのはセドリックのことばかりだ。

そんなとき、わたしの斜め向かいに座るアンベルが、まるで祖母が孫に話しかけるような慈しみに満ちた声で話しはじめた。

「奥さま……旦那さまは奥さまのことをそれはそれは大切に思っておいでです。どうかそのことだけは心の片隅に留め置いてくださいませ」

仕事のできるアンベルは、わたしの表面的に取り繕った表情なんて見抜いていたのだ。わたしとセドリックの間に何かがあったことをわかった上で、実家に帰省することに賛成してくれたのだと思うと、ふっと心が和らいだ。

「ええ。セドリックがわたしを『大切に』してくれているのは、もちろんわかっているわ。安心してちょうだい」

景色を眺めていた顔をアンベルに向け、微笑む。きっとこの微笑みさえも本心ではなくただの強がりであることなんて、アンベルにはわかってしまうのだろう。

だがアンベルはそれ以上深く追及することはなかった。

「今晩はヴォーグの街に泊まる予定です。特産の牛肉が美味しいと評判ですよ。お子のためにもたくさんお召し上がりくださいね」

そう話を逸らしてくれたので、ありがたく便乗させていただく。「そう、楽しみだわ」と笑顔で応えると、もう一度外の景色に視線を移した。

セドリックに『大切に』されていることは十分理解している。婚約当初にした『妻として敬い、大切にする』という約束はきちんと果たされている。問題は、それだけでは満足できなくなった欲深いわたし自身だ。この帰省は、愛したい、愛されたい、という初めて抱いた感情を昇華させる方法を見つけるための時間稼ぎなのだ。

幸いにも実家のローゼン伯爵領は王都からそれほど離れてはいない。休み休み馬車を走らせても二日もあれば慣れ親しんだ街が見えてきた。

決して規模は大きくないが、活気に溢れた美しい街だ。裏道に入っても物乞いもいない安全な街は、わたしの自慢でもあり誇りでもある。

「初めて訪れましたが、こんなにも美しい街だったんですね」

そうアンベルに言われると、つい嬉しくなって、口元が緩んでしまう。

「そうでしょう？　酪農が盛んでミルクもチーズも最高なのよ。あっ、そうだわ、屋敷に向かう途中にあるシェ・コリーヌのチーズケーキも買っていきましょう。ぜひアンベルにも食べてみてほしいの。きっとびっくりするわ。そうそう！　ここは海にも近いから、魚もとっても新鮮なものが手に入るのよ。晩餐は魚料理だといいわね。ダニエルにお願いしてみようかしら。あっ、ダニエルって我が家の料理長なんだけど、顔はすっごく怖いのに、とっても腕がいいのよ！」

勢いよく喋り続けるわたしを、アンベルはにこやかに眺めながら、うんうんと頷いているのに気付き、ようやく己の失態に気付く。

王都では妻としての威厳を保つために淑女然として過ごしているのに、つい幼少期を過ごした故郷に戻ったせいか、気分まで少女時代に戻ってしまっていたようだ。

わたしの「しまった」という顔を見てアンベルはふふっと小さく笑った。

「お元気になられたようで安心いたしました。ご実家に戻られて正解でしたね」

言われてみれば確かにそうだ。あれほど海の底まで沈み込んでいた気分が、息継ぎできるくらいまでには浮上してきている。セドリックでぎゅうぎゅうに埋め尽くされていた頭の中も、チーズケーキや今晩の夕食を考えるくらいの余地ができていた。

このままここでしばらく過ごせば、このどうにもならない持て余した恋情だって、消えてなくなってくれるかもしれない。

薄灰色の石畳でできた街の中央通りを真っ直ぐに抜けていくと次第に家もまばらになり、小高い丘の上に立つカントリーハウスが見えてくる。

派手さはないが、この地方で採れる艶やかな黄土色のライムストーンと赤瓦の屋敷は、見る者に温かみを感じさせる落ち着いた雰囲気だ。実家ながら、なかなかにセンスが良いのではないかと思う。

事前に早馬を飛ばし、帰省の旨を伝えていた両親や使用人総出で出迎えを受けた。

両親には妊娠していることを早々に告げた。本来ならセドリックに一番に報告したかったが、突然の帰省を疑われないようにするためには、静養で来たことにする方が良いと判断したためだ。

慣れ親しんだ屋敷、家族のような使用人たち、窓から見える美しい景色。その全てが痛んだ心を少しずつ癒やしてくれた。

窓から遠くに見える海は、多くの貿易船が行き交い、離れていてもキラキラと太陽の光を反射しているのがわかる。あそこはヴァンサンの実家であるアルディ伯爵領だ。

実家に戻って十日ほど経った頃、ヴァンサンの突然の来訪が告げられた。

幼馴染といえど、密室で男性と二人で過ごすわけにもいかない。ましてや夜会のときのヴァンサンの熱っぽい視線を思い出すと尚更《なおさら》だ。人目を遮らない中庭にガーデンテーブルを用意し案内するように指示をする。

すっかり春めいてきた我が家の中庭は、色とりどりの花々で賑やかな雰囲気だ。春の日差しを受けた花たちは、生命力を漲《みなぎ》らせ太陽に向かって力強く伸びている。

「ヴァン、久しぶりね。さすがアルディ伯爵家、耳聡《みみざと》いわ。わたしが戻ってきていることがもうバレているなんて」

「商人たちの情報伝達の早さをナメるなよ。まぁ、そんなことはどうでもいい。どうして戻ってきたんだ？　何かあったのか？」

口は悪いくせに、目は心配そうにこちらを窺っている。心根の優しさが垣間見えて胸が温かくなる。

誰にも言えない心の内を曝《さら》け出すことはできないが、こうやって言葉の裏を探り合うこともなく、心置きなく話せる相手との会話は心地よい。

「結婚して二年も経つのよ？　たまには両親の顔だって見たいわ」

わたしを心配してくれている相手に嘘をつくのは心苦しいが、どうか今は許してほしい。

「ふーん。ソフィがそう言うならそれでいいけど。まぁ話せるようになったら話してくれ」

納得していないくせに、わたしが話せないことを見透かして引き下がってくれる気遣いがありがたい。

しばらくたわいもない話をしていると、思いの外時間が経つのは早く、真上にあった太陽がだいぶ傾いてきていた。

「わりぃ。久々だから話しすぎたな。また近いうちに来る」

「ふふっ、いくら馬を飛ばしても遠いでしょう。お仕事もあるでしょうし無理して来なくていいわ」

「うるせ。俺が来たいから来るだけだ。それじゃあな」

そうぶっきらぼうに言い放つと颯爽《さっそう》と馬に跨《また》がり帰っていった。

それからヴァンサンは言葉通り度々屋敷を訪れては、中庭でお茶をする日が続いていった。遊学中の話や幼い頃の思い出話など、話題が尽きることはない。ヴァンサンと話している間はセドリックのことを考えなくても済む、貴重な心の休まる時間だった。

〈11〉

「奥さま、今日もまた旦那さまからお手紙が届いております」

そう言ってアンベルは見慣れた封筒を銀盆にのせて差し出した。

「そう……ありがとう。また後で読むわね」

実家に戻って早々、セドリックからはこうやって頻繁に手紙が届いていた。中身を想像すると、なかなか開封する気になれない。

ようやく夕方になって決心がつくと、薔薇《ばら》の彫金が施された銀のペーパーナイフで開け、ゆっくりと窓際のソファに腰を下ろした。

愛しい妻、ソフィアへ
元気にしているだろうか？
日ごとに春を感じる暖かな日差しに、ソフィアの姿をいつも思い浮かべている。王都より暖かな伯爵領ではさぞかし美しい花々が咲き乱れていることだろう。仕事も随分と落ち着いてきており、初秋の頃のように庭で二人でお茶を飲みながら語らう日を楽しみにしている。
ソフィアのいなくなった屋敷はとても静かで物寂しい。ご母堂の体調が早く良くなり、ソフィアが王都に戻ってくる日を心待ちにしている。

――愛を込めて、セドリックより

ふぅ、とひとつため息を吐く。

やっぱり今日の手紙にも書かれていた、冒頭と締めの「愛」という文字。それをすぅっと指でなぞるともう一度深いため息が漏れた。

お手本のような美しい筆跡は紛れもなくセドリックのものなのに、文面は本人が書いたとは俄かには信じられない内容だ。

これまで顔を合わせて一度も「愛」という単語を言われたことなんてない。なぜここにきていきなりそんなことを伝えてくるのか、わたしは理解に苦しんでいた。

初めて手紙を受け取ったときは「愛」の文字が見間違いかと思い、二度見したほどだ。それから数度、こうして手紙をもらっているが、いまだに「愛」という文字に慣れることはなく、いつも手紙を開封する前にいくばくかの覚悟が必要になる。

手紙が来たからには返事をしなければならないが、何と書けばよいのかいつも悩ましい。今回も一日がかりでようやく書けたものは、何とも薄っぺらい内容だった。

セドリックへ
お手紙ありがとう。

わたしは元気にしているわ。セドリックの体調はいかがかしら？　やっとお仕事が落ち着いてきたようで安心したわ。食事や睡眠を削ってまでお仕事をされていたから心配していたの。

花の美しい季節が近づいてきたわね。家の中にも庭園の花の香りが春風にのって入ってきて、本格的な春の到来を感じるわ。

だけど母の体調が良くなるにはもう少し時間がかかりそうなの。社交シーズンが始まる前には王都に戻ろうと思います。

——ソフィアより

なんとも取り止めのない文章だと思うが仕方がない。先日あまりに書く内容に困り、時間をかけすぎたら返事よりも先にセドリックから追加の手紙が届いてしまったのだ。それに比べたら何かしら返事をしておく方がベターだろう。

実家に戻ってから二週間を超え、母の体調不良を言い訳に滞在を延ばすのも、そろそろ限界だとわかっている。けれどまだ心の整理がついていない。胸の痛みは少しずつ和らいできているが、まだ胸の奥で燻り続けているものがある。きっと今でもセドリックの顔を見たら泣いてしまうだろう。何事もなかったかのように笑えるようになるまで、あと少しの時間が必要だった。

王都を離れて一カ月が経った頃。今日もまたいつも通りヴァンサンが屋敷を訪れ、慣れた様子で中庭でお茶を飲んでいた。

しかし今日はいつもと違って、珍しく二人の間に沈黙が続く。アンベルの入れたハーブティーを飲みながら、普段とは少し様子の異なるヴァンサンを見つめていると、いつになく真面目な顔をしたヴァンサンは、出し抜けに核心を突いてきた。

「なぁソフィ……もしかして妊娠していないか？」

「…………!!」

わたしは突然のことに言葉にならず、目を見開くことしかできない。

「やっぱりな。顔色はわりぃし、妊婦に良いって聞くハーブティーばっか出てきておかしいと思ったんだ」

「……そう」

飲み物はアンベルに任せきっていたから見落としていたが、アンベルは何も言わずわたしの身体と赤ちゃんを気遣ってくれていたのだ。

貿易で外国の茶葉も多く取り扱っているヴァンサンは、出されるハーブティーの効能の共通点がわかってしまったのだろう。

「それで？　なおさらソフィは何でこんなところにいるんだ？　セドリック卿はどうしたんだ？」

察しのいいヴァンサン相手に適当なことを言ってもすぐに見破られる。何か良いごまかし方がないか思案するが思いつかず、つい無言になってしまう。

「妊娠しているのを知っているなら、一カ月も見舞いにも来ず放置しているのも問題だし、知らないのなら、妊娠を告げることもできない関係性ってことだろ？」

「ちがっ……セドリックは何も悪くないの！　わたしの問題なのよ……」

そう、セドリックを愛してしまったわたしがいけないのだ。心の内で誰にも気付かれず密《ひそ》かに愛するだけなら許されたかもしれないが、わたしはセドリックの愛をも欲しがった。その叶わない思いが苦しくて逃げてしまったのはわたしだ。

「何が違うんだ……なぁ……ソフィは今幸せか？　妊娠しているってのに、ちっとも幸せそうに見えない。俺ならそんな顔はさせない」

怒っているのか悲しんでいるのか感情の読めない、ただ真剣であることだけはわかる表情でヴァンサンは訴えてくる。

「わたしは幸せよ……」

「嘘だ。ソフィは昔から嘘が下手なんだ。人の気持ちに敏感なソフィなら俺の気持ちに気付いているだろ？　旦那と別れて俺と結婚しよう。絶対に幸せにする」

とんでもない提案をしてくるヴァンサンについ大きな声を上げて反論してしまう。

「何を言っているの？　わたしはセドリックの子を妊娠しているのよ」

「そんなことどうにでもなる。後継には認められないかもしれないが、俺の子として何不自由なく育てる。ソフィの子なら我が子同様に愛せる」

「……ジュラバル侯爵家にはわたしは不必要かもしれないけれど、後継は必要なの」

自分の言葉で自分が傷付いている。だが紛れもない事実だ。わたしは後継を産む条件が揃っただけで選ばれた女だ。

「そんな虚しい言葉を言わされるような結婚なんてやめちまえよ」

「その虚しい条件を呑んで結婚したのはわたし自身よ。義務は果たすわ」

愛してもらえなくても、セドリックにも侯爵夫妻にもわたしは『大切に』されている。

貴族の政略結婚に愛が伴わないなんてザラだし、蔑ろにされている知人もいるくらいだ。それに比べたら恵まれた方だと、それで満足しないわたしが強欲なだけだと、実家に戻ってきてから何度も自分に言い聞かせてきた。

「ソフィ……自分の幸せを諦めるなよ。ソフィらしくない」

「わたしは幸せとは言えないかもしれないけど、不幸せとも言えないわ」

「……そんなソフィなんて見ていられない」

「ヴァンには関係のないことだわ」

「関係あんだよ！　ずっとソフィだけが好きだった。遊学から帰ってきて一人前になったら結婚の申し込みに行くつもりだったんだ。俺を愛さなくてもいいから……側にいてくれるだけでいいから……どうか俺の手を取ってくれ」

今にも泣き出しそうな顔で必死に言い募るヴァンサンを想うと心が軋《きし》む。ずっと近くにいた幼馴染。もし初めからこの手を取っていたのなら違う未来が、幸せに満ちた未来が待っていたかもしれない。

だがもう遅い。今さらこの手を取ったとしても、その先にヴァンサンの幸せなんてない。

片一方だけが愛してしまう辛さはこの一カ月で身に染みてわかっている。そんな想いを大切な幼馴染にさせるわけにはいかない。

「そんなの無理よ。愛する人が側にいながら愛されない苦しみを知らないから、簡単にそんなことが言えるんだわ」

「…………」

「ヴァンの手を取ることはないわ。わたしは過去の自分の選択に責任を持つ。たとえその選択が間違っていたとしてもね」

「ソフィ…………」

「わたしたちはもうこんな風に会うのは良くないわ。今日でやめにしましょう。ヴァン、もう帰ってちょうだい」

ヴァンサンの悲痛な顔を見ることができない。差し伸べてくれた幼馴染の手を振り払い、酷いことを言っている自覚はある。

だがこれでいい。一番の味方を失うことになるが、わたしなんかに気持ちを残して前に進めないヴァンサンを見たくない。幼馴染として遠くからヴァンサンの幸せを祈りたい。

辞去を促すように立ち上がり、中庭を後にしようと振り返る。するとそこには回廊の柱の陰から呆然とした顔でわたしを見つめるセドリックが立っていた。

思いもよらないセドリックの来訪。

あまりの驚きに頭の中は真っ白になる。幻でも見ているのかと目を凝らしてみても、目の前にいるのはやはり本物で。

なぜかその表情は今にも泣き出しそうな顔をしていて、思い出したくもないのに一カ月前の執務室での光景が昨日のことのようにまざまざと脳裏に蘇《よみがえ》る。

泣きたくなる気持ちを抑えるように唇を噛み締めても、鼻の奥がツンと痛み、次第に視界が滲んでくる。溢れ出そうになる涙を見られないように、セドリックがいる場所とは逆方向に向かって逃げるように回廊を走る。そしてそのまま階段を一気に駆け上がると、二階の自室に飛び込んだ。

セドリックは何のためにここまで来たの？

ヴァンサンとの会話はどこから聞いていたの？

妊娠を知ってどんな気持ち？　より〝大切な〟存在になった？

愛しい気持ちを昇華させるために王都を離れ、少しずつ現実を受け入れられるようになったと思っていた。息をするのも苦しかった時間は徐々に短くなり、もしかしたら以前のような夫婦関係に戻れるかもしれないと思うようにもなっていた。

けれどセドリックを前にして、それはただの願望に過ぎなかったのだと思い知らされる。

離れていた時間なんて関係なく、一目見ただけで心は激しく揺さぶられ、握りつぶされたような痛みと共に愛しいという感情が溢れ出す。感情の制御もままならず、涙は次から次へと溢れてくる。

悔しいくらいにセドリックが好きなのだ。どうしようもないほど愛してしまったのだ。

行儀悪く寝台に身体を投げ出すと、ぎゅっと枕に顔を埋める。頭の中は酷く混乱し、さまざまな気持ちが錯綜《さくそう》する。

今もまだ『大切だけど愛されない妻』という立ち位置を受け入れるのは辛く、気持ちの整理はつけられていない。だがいつまでも逃げ回っているわけにはいかない。妊娠していることも知られた以上、話し合うタイミングはそこまできている。

冷静になりなさい、そう自分に言い聞かせる。充分に考える時間はあったし、向き合うときがきたのだ。

愛しい想いはどれだけ離れても失われることはなかった。そうであるならば、求めることはただひとつ。愛されることはなくても、愛を伝えることは許されないだろうか。

愛していない女に愛を向けられるなど、セドリックにとってただの重荷にしかならないかもしれない。だが拒絶されたとしても、この想いは伝えたい。自分の中で収まり切らないこの気持ちを吐き出してしまいたい。ただこの気持ちを知ってほしい。

なんて独りよがりな想いだろう。セドリックのことを思えばこの気持ちは隠し通した方がいいに決まっている。正解がわかっているのに、不正解を選んでしまう。恋とはなんて厄介なものなのだろうか。いっそこの想いをひと思いにぶった斬ってもらえたら。そうすればこんな惨めったらしく悩むこともなく、前に進めそうな気さえする。

ウジウジ悩むのは性に合わないし、もう飽きた。そう決心をすると、パッと寝台から立ち上がり両手で頬をパチンと叩き気合を入れる。

鏡の前に立ち、乱れた髪をさっと整え、涙の跡を拭うと、鏡に映る自分を見つめる。

「大丈夫、なんとかなるわ。しっかりしなさい、ソフィア・ド・ジュラバル」

ギュッと目を瞑り、不安に呑み込まれそうな心を鼓舞したとき、扉をノックする音が聞こえた。

〈12〉

パトリシアに初めて会ったのは、多くの貴族の令息令嬢が十六歳から十八歳までの三年間を通う学園の入学式だった。

風に柔らかく靡《なび》く真っ直ぐな銀髪、透き通るような白肌、冬の湖面のような深い青色の瞳。男だけでなく女でも振り返ってしまうほどの儚げな美しさに、ついつい目がいってしまうのは仕方のないことだった。

そのときは別に恋に落ちたわけでもなく、ただ「美しい人だな」と他人事のように思っていただけで、クラスも違えば話す機会などない。

二人の関係が変わったのは二年生になり同じクラスになってからだった。

合同研究の同じ班になったことで、パトリシアが美しく聡明であるだけでなく、温和で優しい内面を持ち合わせていることを知り、気付けばどうしようもなく好きになっていた。

幸運にもパトリシアからも好意を寄せられ、わたしたちはすぐに心を通わせることになった。

父や母からは子爵家の令嬢ということで良い顔はされなかったが、パトリシアの才媛ぶりは社交界でもよく知られていたし、一人息子であるわたしの強い希望ということもあり、在学中に婚約を結ぶと、卒業後早々に結婚した。

社交界ではエウクラス神話に例えられ気恥ずかしい気もしたが、わたし自身もパトリシアとは

〝運命〟だと信じて疑わなかったし、悪い気はしなかった。それにパトリシアと穏便に結婚するためには、こうやって例えられることは好都合だとも考えていた。

パトリシアと共に過ごす毎日は幸せに満ち溢れ、それが永遠に続くものとばかり思っていた。

だがそんな日々は呆気なく終わりを告げる。

結婚して六年経った二十四歳のとき、元々身体が丈夫でなかったパトリシアは難病に冒され、翌々年には眠るように息を引き取ったのだ。

そのときの記憶は朧げで、ただ身体の一部が引き裂かれたような痛みだけを覚えている。

魂の片割れを失ったわたしは、暗闇に一人取り残され、残りの人生に何の希望も持てなくなっていた。

早くパトリシアのいる世界へ行きたい。そう願いながら目の前の仕事だけをがむしゃらにこなしていたら、気付けばパトリシアの死から一年が経っていた。

貴族というのは哀れな生き物だ。愛する妻の死に浸る時間も与えられず、新しい妻を娶《めと》って子作りをすることを求められる。パトリシアを今でも愛しているのに、他の女を抱かなければならない現実がたまらなく苦しかった。

相手は誰だって良かった。パトリシアじゃないのなら誰だって同じだった。わたしはひとつの条件だけ付けて両親に相手選びを全て任せた。

その条件とは、再婚相手自身がこの結婚を望んでいること。侯爵家と縁続きになりたい親が娘の気持ちを無視して無理矢理嫁がせるのだけは避けたかった。

愛のない結婚になる。そのことを理解し前向きに嫁いで来てくれる女性がもしいるのならば、家族として『大切に』しようと思っていた。

案の定、わたしが出した条件のせいで両親は後妻探しに苦戦しているようで、わたしとしては再婚など諦めて、良い話は聞かないが、遠縁からでも養子をもらってくれればいいと考えていた。

だがそんな中、ローゼン伯爵家の令嬢が婚約の打診を受け入れてくれたと両親は大喜びで報告してきた。

職場の部下であるマクシム・ド・ローゼンの妹だと聞いて、すぐに三年前の思い出が蘇った。

マクシムに日頃のお礼にと王都のタウンハウスに招待されたときに挨拶を受けた年若い令嬢。

わたしとパトリシアに憧れている、と聞いてはいたが、いざ対面するとそれも納得で、夜会の度にわたしたちを憧憬を抱いた目で見つめていた令嬢だったからだ。

豪奢なブロンドの髪に大きな新緑色の目。華やかな容姿をしているのに、必死に壁の花になってこちらを見つめてくる令嬢は、話したことこそないが記憶の片隅に残っていた。

彼女は澄ました顔で美しいカーテシーを披露して挨拶してくれた。声をかけると年相応のあどけない笑顔を見せ、「可愛らしいお嬢さんだ」と言えば、あたふたと動揺し、パトリシアとまた家に遊びに来てほしいと口走ってしまう幼さが微笑ましかった。

そんなまだ社交界に染まっていない幼い令嬢がどうしてわたしなんかと、と問えば両親からは信じ難い話を聞かされた。

わたしが社交界に出なくなった三年近くの間に、あの幼い令嬢は社交界の中心人物になっているという。後妻として嫁いでくれる女性には結婚により厳しい目を向けられるだろうが、彼女であればうまく立ち回っていけるだろうというのだ。

俄かには信じられないでいたが、その真偽を確かめる時間もないほど、既に顔合わせの日程は親たちによって決められており、逃げられない状況になっていた。

わたしの中では、まだまだ幼く、何もわかっていない娘が親に薦められるままに婚約に応じたとしか思えなかった。だから顔合わせのときにもう一度よく考えるように進言するつもりでいた。

だがローゼン伯爵家で出迎えてくれたソフィアはすっかり大人の女性に変貌していた。

二十歳になったソフィアは落ち着きと艶っぽさを兼ね備え、健康的な身体は女性的な曲線美を作り出していた。

あの大きな新緑色の瞳は昔と変わらず生き生きと輝き、決して親に無理強いされたわけでもなく、これからに希望を持っているようだった。

わたしはその瞳に見つめられるとどうしようもない罪悪感に駆られた。こんな美しい令嬢であるならば、いくらでも良縁を望めるというのに、なぜわたしを選んだのか。

あの希望に満ちた瞳をわたしのせいで曇らせてしまうかもしれないと思うと、申し訳ない気持ちでいっぱいだった。

だから二人になったタイミングで正直に話そうと決めたのだ。わたしはパトリシアを一生忘れることはできないと。最後通告のつもりだった。もはや彼女のためにも婚約を取りやめてほしかった。

だが返ってきた答えは、忘れられなくて当然だから気にするな、という信じられないものだった。

◇　◇　◇

婚約期間は、できるだけ多くの時間をソフィアと過ごすように心がけていた。政略結婚でもお互いのことを知り、認め合えばソフィアの言う〝信頼で結びつく夫婦〟になれると思ってのことだった。

正直に言って、最初わたしはソフィアを甘く見ていた。だが交流を重ねるごとになぜ彼女が社交界の中心にいるのか、その理由がおのずとわかってきた。ソフィアは二十歳という若い女性とは思えないくらい達観した考えを持ち、理知的な会話は心地よい。一を聞いて十を知るような、そんな聡《さと》い彼女と過ごす時間のおかげで、わたしはようやく自然と笑えるようになっていた。

簡素な結婚式を終え、初夜を迎えた。

パトリシア以外の女性に愚息がきちんと反応してくれるのか不安だったわたしは、万が一の場合には酒の力を借りようと、ソフィアの待つ寝室に度数の高い酒を持ち込んだ。

だが、わたしの心配は杞憂に終わり、なまめかしいネグリジェに身を包んだソフィアを見るや否や、愚息に急速に熱が集まるのを感じた。

それも仕方のないことで、品のあるネグリジェの胸元から覗く膨らみは想像よりも大きく、若さ特有のはち切れそうな張りがあり、太ももまで深く入ったスリットからは、動く度に健康的で細い脚がちらちらと垣間見える。

パトリシアが病に臥《ふ》せてから三年以上、女性と触れ合うことなど一度もなかった。そんなわたしにとってそれは十分すぎるほどの刺激で、愚息が本格的に勃ち上がりそうになるのを必死に堪え、目を背けた。

自分を奮い立たせるためにと持ち込んだ酒は、自分を落ち着かせるために飲む羽目になった。

一つひとつの行為に顔を真っ赤にして恥ずかしがる様はいかにも処女らしい佇《たたず》まいであるというのに、身体はどこもかしこも成熟した女性で、その不釣り合いさに情欲は一層掻《か》き立てられた。

感じやすい身体なのか、甘い嬌声をあげて身を捩りながら蜜を垂らす姿はなんとも扇情的で、何度も理性が焼き切れそうになった。だが、いざ愚息を挿入すると、男を知らないそこはどれほど濡れていようとまだまだ固く、一瞬にして頭は冷静さを取り戻した。

恐怖心を抱かせないように、少しでも痛みを与えないように、腰を強く突き上げたい衝動に抗う。大切にすると誓った彼女を、自分の醜い欲で傷付けるわけにはいかないと、彼女の悦いところを丹念に探りながら丁寧に抱いた。

本能に支配されないように理性を保ったままの交わりであったが、久々に感じる女性の柔らかさは疲れ切っていた心に大きな安らぎをもたらした。

正直、わたしの愚息は一度の吐精では収まらず、さらなる交わりを求めていたが、初めてのソフィアに無理させるわけにはいかない。清拭した後はこれ以上欲を掻き立てないために、無防備でしどけない姿のソフィアを隠すように、厚手の寝衣を着せると寝室を後にした。

初夜が終わり一人自室に戻ったわたしはひどい罪悪感に駆られていた。いまだパトリシアを愛しているというのに、若い娘に精を放った自分がひどく穢《けが》らわしい存在に思えてならない。そんな自分と向き合わないで済むように、逃げるようにして翌日早朝から仕事に向かうと、ソフィアの兄であるマクシムが憮然《ぶぜん》とした顔でわたしを見つめていた。

「セドリック卿、少しお時間よろしいですか？」

昼休憩時に静かにそう告げたマクシムに連れられ、政務棟にある会議室に行くと、普段飄々《ひょうひょう》としているマクシムから発せられているとは思えないほど冷たい声で問われた。

「昨日結婚したばかりのあなたが、なぜここにいるんですか？」

「なぜ……？　それは君に言う必要のないことだ」

「……わかりました。では質問を変えます。ソフィアはあなたが今日から仕事に来ることを知っているんですか？」

「いや……言っていない」

眉間に皺を寄せたマクシムは、細めた瞳に怒りを隠すことなくわたしを睨みつけた。

「上司であり、爵位も上のセドリック卿にこのようなことを申し上げる立場にないのはわかっています。ただ、あなたの妻の兄としてひとつ言わせていただきたい」

「構わない。続けてくれ」

「あなたが今日ここに来ることでソフィアが嘲笑を受けるという考えには及びませんでしたか？妹は覚悟を持って嫁いでおりますので、あなたに妹を愛する努力をしろとは申しません。ただ妹の覚悟を蔑ろにされるのは兄として見過ごすわけにはいきません」

わたしは相槌《あいづち》を打てないほどの衝撃を受けた。自分の気持ちに囚《とら》われるあまり、ソフィアの立場を危うくしていることに全く気付けていなかった愚かさをようやく思い知ったのだ。

婚約中、ソフィアになぜそんなに社交に力を入れるのかを聞いたことがある。そのときソフィアは「力や人の繋がりがあれば大切な人を助けるときに役立ちますでしょ？」と微笑みながら言っていた。ソフィアが大切な人を守るために手に入れたものを、わたしの浅はかな振る舞いひとつで無下にしてしまうなんて到底許されることではない。

「すまなかった。自分のことに囚われるあまり、ソフィアの立場を危ういものにしてしまった。今後は決してこんな間違いを起こさないと誓おう。だがもしまたわたしが愚かな真似をしたときは遠慮なく正してくれ」

そう真摯に謝るとマクシムは元の飄々とした雰囲気に戻り、「偉そうなことを言って申し訳ありません」と笑って去っていった。

その日屋敷に戻るなりソフィアにも謝罪すると、「これからは気をつけてくださいね」と明るく釘を刺されるだけで、拍子抜けするほどあっさり許された。わたしはその器の大きさに感服し、後妻がソフィアで良かったと強く思ったのだった。

その後は遠乗りや夜会、観劇などを共に過ごすうちに、少しずつ二人の距離は近づいていった。ソフィアは常々「信頼で結びつく夫婦になりたい」と言っていたが、わたしはとうにソフィアのことを誰よりも信頼していたし、人間的な魅力に溢れた女性だと思っていた。

本来は子ができそうな時期だけを見計らい身体を繋げれば良いはずなのに、抱く度にわたしに馴染んでいくソフィアの身体に、精神的にも肉体的にも慰められていた。「パトリシアを忘れることはできない」など聖人ぶるくせに、性衝動を抑えられない浅ましい自分が嫌になる。そのくせソフィアと身体を繋げる時間は何ものにも代え難く、頻繁に交わった方が子を孕《はら》みやすいなどと信憑性《しんぴょうせい》もない不確かな情報を持ち出してまで、定期的に身体を繋げ続けた。

◇　◇　◇

ソフィアが嫁いで少し経った頃、聞き捨てならないことを家令から聞かされた。

使用人たちがソフィアを受け入れず、あろうことか本人に聞こえるように悪口を言っている者がいるというのだ。その中にはわたしを幼い頃から支えてくれている使用人たちも含まれていたことを知り、激しい憤りを覚えた。

ソフィアがどれほどの覚悟を持って嫁いで来てくれたのか、侯爵家にとってどれほどありがたい存在なのかわかっていないのか。そして何よりもわたしの『大切な』家族を蔑ろにするということは、侯爵家に楯突《たてつ》くことだとなぜわからないのか。

詳しく事情を聞こうとソフィアの侍女につけたアンベルを呼びつけると、信じ難いことにアンベル自身がソフィアを蔑ろにする使用人の筆頭だったと涙ながらに懺悔《ざんげ》した。

だが今ではソフィアに忠誠を誓っており、どうかこのまま侍女につけてほしい、そして必ずや自分以外の使用人も、そう遠くないうちにソフィアを奥さまとして受け入れるだろうと、言い切ったのだ。

アンベルの言葉の真意がわからず「念のために奥さまのお考えを聞きましょう」と侍従のアルベールに提案されソフィアに話を聞くと、

「ほほほ、そんなこともありましたわね。お気遣いいただきありがとうございます。でもご心配なく。屋敷のことはわたしにお任せになって、セドリックは仕事に集中なさって大丈夫ですよ」

と余裕の返事を返された。アンベルのことも本当にこのまま侍女につけて良いのか尋ねると、

「えっ？　あんな優秀な侍女をつけてくださったこと、感謝しているくらいですよ。どうかそのままでお願いします」

と飄々と言い放ったのだ。

そしてアンベルの言った通り、使用人たちのソフィアに対する態度はみるみる変わっていった。

パトリシアとは親近感を持った打ち解けた関係性だったが、ソフィアとは主従関係で結ばれているようだった。それも力で抑え込まれているというわけでもなく、使用人たち自身の敬意から築かれていった関係だ。

敬愛する主《あるじ》に仕える喜びというのはわたしにもよくわかる。王族の方々のために身を粉にして働くのは、どんなに多忙を極めたとしても栄誉なことだ。

ごく短い期間の中で使用人たちをまとめ上げ、屋敷の主人として采配を振るうソフィアの手腕には大層驚かされた。

それから半年も経つと、屋敷内はすっかり平穏になっていた。だが、全てがうまく回っているとそう思っていたとき、突然事件が起こった。パトリシアの侍女だったメラニーがソフィアに陰湿な嫌がらせをしていたのだ。メラニーは優秀な侍女だった。とてもよく仕えてくれていたし、パトリシアの死の間際まで寄り添い続けてくれた恩義もある。それでも、切り刻まれたドレスや張り裂けたリングピローを目の当たりにしたら、許すことなんて到底できなかった。

メラニーに厳しい処分を下したことで、他の使用人たちのソフィアへの悪感情が再燃してしまうかと心配もしたが、そんなことは全くなく、むしろ当たり前の結果だとすんなり受け入れられた。

言葉は悪いかもしれないが、ソフィアは無自覚な人たらしなのだろう。

共に夜会に出るときも、老若男女問わずソフィアのもとには多くの人が挨拶に訪れる。

美味しいワインがあれば美食家に紹介する、災害に苦しむ領主がいれば、知恵と人脈を使い、復興の糸口を見つける、といったことを見返りなしにできるのだ。

ソフィアは学園での成績は真ん中くらいだった、と恥ずかしそうに話していたが、苦手な外国語が足を引っ張っていただけで、地理、歴史、文化といった分野は抜きん出た成績だった。

その知識に加え、日頃から時事問題に通じるように新聞は隅々まで読み込むし、流行やトレンドにもアンテナを張りめぐらす。

その努力の結果として今の社交界での地位を手に入れたのだ。人を蹴落として得た地位ではないからこそ、人々はソフィアの人間的な魅力に引き寄せられていた。

だからわたしは社交界で完璧に振る舞うソフィアに安心し、油断していたのかもしれない。

わたしの後妻というだけで向けられるくだらない悪意があることはわかっていたし、それらから守っているつもりになっていた。けれど、結婚から一年以上も経ったダルトワ侯爵家の夜会で難癖をつけられているソフィアを目の当たりにするまで、彼女がこれまで一人で理不尽な嫌がらせと対峙していたことに気付けなかったのだ。

後から話を聞けば、ダルトワ侯爵家より以前に受けた嫌がらせは大した攻撃力はなかったとソフィアは笑い飛ばしていたが、それを聞いても自分の不甲斐《ふがい》なさに心は沈んだままだった。

わたしの気を煩わせないようにと、七歳も年下のソフィアが一人で戦っていたことに気付きもせず、のうのうと夜会に出かけていた自分の間抜けぶりに深い自己嫌悪に陥った。

返り討ちにできたからといって、その誹謗が的を射ない内容だからといって、心無い言葉は少なからず心身を磨耗させる。

そのことはわたし自身、身をもってよく知っていた。パトリシアとの八年間、ソフィアとの一年間の結婚生活で子に恵まれないわたしを種無しだと裏で揶揄する声は聞こえていた。実際、種無しかどうかはわからないが、身体の弱いパトリシアの健康状態が万全になってから子を成そうと決めていただけなのに、そんなこと知るわけもない者たちは面白おかしく酒のあてに話をしているようだった。

何も知らないくせに、と腹も立つが全ては自分の選んだ道だからと堪えていた。しかし、その謂れのない中傷がまさかソフィアに対して向けられるとは思ってもみなかった。

その光景を見た瞬間、わたしの怒りは沸点を超えた。手が震えるほどの激昂《げきこう》した感情をギリギリのところで抑え込み、子を授からない原因はわたしにあると告げた。

わたしの評判などどうでも良かった。懸命に背筋を伸ばし、健気《けなげ》に一人で立ち向かうソフィアの後ろ姿はとても眩しかった。年下であるとか、女性であるとか関係なく、人として尊敬に値するソフィアを貶める発言を見逃すわけにはいかない。

わたしはこの誇り高い女性をこれからは全力で守っていくと、誰からも決して傷付けさせないと、静かに強く決意したのだった。

◇　◇　◇

ソフィアには遊学中の幼馴染の伯爵令息がいるとは聞いていたが、ある夜会の日に彼は突如としてソフィアの前に現れた。

わたしでも呼んだことのないソフィアの愛称で気安く話しかける男は、眉目秀麗で自信に満ち溢れ、男から見ても惚れ惚れするほどの男ぶりだった。

だが、わたしに向ける目つきは怒りを孕んでいるかのように鋭い。

ソフィアに窘められても頑なに愛称で呼び、挑戦的な目をわたしに向けるその姿を見れば、彼の意図など容易くわかる。

彼は間違いなくソフィアに懸想している。その事実に何か胸につかえるような、心が掻き乱されるような感覚を覚える。

ソフィアとのダンスの許可を求められ、本当は嫌で嫌でたまらないのに、明確な断る理由が思いつかない。

それにパトリシアを忘れることはできないと言っているようなわたしに、幼馴染とのダンスを拒む権利なんてない。

できるだけ和やかな顔で送り出すが、二人の息の合ったダンスや、ソフィアが見せる素の表情に激しい嫉妬心が湧き起こる。

わたしよりも似合いの二人。陰鬱な面持ちで眺めていた長いダンスもようやく終わり、やっとソフィアを腕の中に閉じ込められると安堵《あんど》し、胸を撫で下ろしたところでまさかの二曲目に突入した。

胸がザワザワし、焦燥感に駆られる。なぜこんなにも不快な気持ちになるのかわからない。

やり場のない気持ちを抱え込んだまま屋敷に戻ると、込み上げる欲を抑えきれず夜中だというのにソフィアを激しく求めてしまう。

湯浴みをしていないソフィアの身体は、いつにも増して強く扇情的な甘い香りを放ち、劣情はどこまでも高まっていく。抑えが利かない情欲のせいで、いつもよりも強引な愛撫になってしまうが、すっかり馴染んだソフィアの身体は与えられる刺激を素直に受け取ると、ぐずぐずに蕩《とろ》けていく。

普段は凛《りん》としているソフィアが快楽に身を委ねる、この官能的な姿を知っているのは自分だけだと思うと優越感を覚える。だがこの日はそれだけでは満足できなかった。

ソフィアの口からわたしを求める言葉を聞きたい。「セドリックが欲しい」と蕩けた瞳で言わせたい。

そんな幼稚な願望から絶頂が近いところで意地悪く愛撫を止めると、思っていた通りソフィアは、「気持ち良くして?」と普段ならば絶対に言わないであろう言葉を、顔を真っ赤にさせながら口にする。

正直、それだけでも背筋がゾクゾクと震え、愚息にドクドクと血流が集まり痛いほど勃ち上がるが、この日のわたしはさらに欲深かった。

具体的に何が欲しいか言わせたいという嗜虐的《しぎゃくてき》な気分のままに求めると、あろうことかソフィアは言葉ではなく態度で示してきたのだ。

自ら膝を立て、脚を広げる。その上、両手で秘部を広げてみせて「ここにセドリックが欲しい」と声を上擦らせながら言うのだ。

こんなことをされて、平静を保っていられる男なんていないだろう。トラウザーズの前を寛《くつろ》げ、飢えた愚息を一瞬で最奥まで突き込むと、ソフィアはそれだけで達したようだった。四肢は痙攣《けいれん》したようにひくつき、力なく投げ出されるのに、膣壁《ちつへき》だけはぎゅうぎゅうと愚息に絡みついてくる。腰が溶けそうなほどの快感をなんとかやり過ごし、本能が求めるままに激しい抽送を始めた。

この愛らしい妻を誰にも渡したくないと、少しの隙間も許さないように強く抱きしめながら腰を強く打ち付ける。すると膣壁はさらに締め付けをきつくし、まるで歓迎しているかのように蠢《うごめ》くのだ。わたしはたまらず深く刻み込むように抽送の速度を速めるとソフィアの最奥で爆《は》ぜた。

だが大量の熱い子種を放ってもなお愚息は萎えることなく、立て続けにソフィアを求めた。

正直、二度目の熱を放出してもまだ足りないぐらいだったが、意識を失うように眠りについたソフィアにこれ以上無体を働くことはできない。起こさないようにゆっくりと胸の中に閉じこめると、形の良い頭を撫でながら額にそっと口付けた。

長い金色のまつ毛の下に隠された新緑色の美しい瞳。その瞳にどうか自分だけを映してほしい、と無意識に願っている自分を自覚し、ようやく胸に燻るこの感情の名前に気付いた。

独占欲……妻と幼馴染とのダンスにさえ嫉妬する狭量な自分。なんと浅ましい感情だろうか。自分はパトリシアを今でも心に住まわせながら、ソフィアにはわたし一人だけを瞳に映してほしいだなんて、狡猾《こうかつ》すぎる感情に自己嫌悪に陥る。

その後の夜会でもあの男は毎回ソフィアをダンスに誘い続けた。自分の狡猾な感情に気付いてしまえば、なおのことそれを拒めなかった。歯軋《はぎし》りする思いでソフィアの手を放し、踊る二人を陰鬱な目で見つめることしかできない。

ソフィアも幼馴染に他の女性と踊るように勧めるが、男は何ら気にする様子もない。おそらく自分の恋情に気付いてほしいのだろう。

もしソフィアがあの男の恋情に気付いたらどうなるのだろうか。これまでと変わらずわたしの手を取ってくれるだろうか。沸々と湧き上がる疑念が心の中を黒く塗りつぶしていく。

居ても立っても居られなくなったわたしは度々ソフィアに贈り物を贈った。そんなものでソフィアの気持ちが得られるとはもちろん思っていない。ただソフィアのことを想い、ソフィアの喜ぶ顔を想像してプレゼントを選ぶ。それはとても幸せな時間だった。

ソフィアの日常に溶け込むようなプレゼントを贈り、事あるごとにわたしのことを思い出してくれたら。そんな淡い想いだけを抱いていた。

社交シーズンが終わり、あの男をはじめとする多くの貴族たちは領地へ戻っていった。ソフィアを独占してゆっくり過ごす日々は楽しく穏やかなものだった。

トレンドに敏感なソフィアは街歩きをしていてもいろいろなものに興味を示し、新緑の瞳を好奇心でキラキラと輝かせる。

甘いものを食べているときの至福の表情は、見ているだけでこちらまで幸せな気分になる。

観劇に行けば、前のめりになるほど劇に入り込み、登場人物と同じように涙したり、笑ったり、表情をコロコロと変える可愛らしい様子についい目元が緩んだ。


秋になり、ソフィアと二人で旅行に行く機会に恵まれた。想像以上に楽しい旅行だったが、わたしは二つのミスを犯してしまった。

ソフィアは華やかな顔立ちである上に、人好きのする笑顔は下心を持った男たちまでも引き寄せてしまう。酔うと隙が生まれ、色っぽさが増すことはよく知っていたし、バルでは周りの男たちの視線を集めていたことにも気付いていたのに、ほんの僅かな時間だからと側から離れてしまったことが間違いだった。

他の男がソフィアを口説いているだけでも腹立たしいのに、その男はソフィアの顔や身体を性的な目でねっとり見つめていた。それを見た瞬間、清廉なソフィアが穢されるような不快感と苛立ちが身体中に駆け巡った。

すぐにでもソフィアを自分の腕の中に閉じ込めて、自分だけのものにしたかった。それなのにソフィアは酒のせいで早々に眠ってしまい、その欲望を拗《こじ》らせたわたしは翌日、感情に突き動かされるままに何度も交接を繰り返してしまったのだ。

これまで必死に冷静さを失わないように肌を重ねてきたのに、嫉妬に駆られると我を失ってしまう自分がいた。失望されることを恐れたわたしは、それからはより強く自制心を持ってソフィアを抱くようになっていった。

豊富な知識、ウィットに富んだ会話、垣間見える少女のような無垢《むく》さ、気の強い一面、思いやりに満ちた眼差し。

ソフィアと共に過ごす時間が増えるほど、ソフィアの魅力に気付かされる。

早くパトリシアのもとに行きたいと思っていた感情はいつのまにか消え失せ、今はこの時間がかけがえのないものになっていた。

わたしはソフィアをいつの間にか愛してしまっていた。

それを決定づける明確な出来事があったわけではない。ただ日々を共に過ごす中で少しずつ積み重ねてできあがった愛だ。

だがその気持ちをソフィアに伝えてよいものかわからなかった。

婚約時に「愛することはできない」と言い放ったのは自分自身であり、今さら愛を告げたいだなんてあまりにも図々しい。それにソフィアから望まれたのは「信頼で結ばれる夫婦になりたい」だった。その上、エウクラス神話になぞらえたパトリシアとわたしの「運命の愛」に憧れていたソフィアにとって、わたしの愛が自分に向けられることなど望んでいないのではないかと思ったのだ。

それゆえソフィアには愛の言葉の代わりに『あなたが大切だ』と幾度となく伝えてきた。

心の中で『愛している』と囁きながら。

◇　◇　◇

明日にでも冬がやってきそうな秋の終わり頃。久しぶりの暖かな日差しに、ソフィアは遠乗りに行きたいと珍しくおねだりをしてきた。

断る理由なんてない。馬に乗っているときのソフィアは心から楽しそうで、屈託のない笑顔を見せてくれる。その笑顔がわたしは大好きで、いつまでも見つめていたいほどだった。

だが、その欲のせいでまともな判断ができず、ソフィアの体調を崩させてしまった。「もう少しだけ乗りたい」と言うソフィアに二つ返事で了承したのは、ソフィアのためだけではなく、まだあの笑顔を見ていたいという、自分のためだった部分も大きい。わたしはひどく後悔した。

屋敷に辿り着いたときは寒そうにしていたが、まだ元気そうではあった。冷えた身体を温めるため、湯浴みをしにそれぞれの部屋に戻ったが、その後アルベールからソフィアが倒れたと報告が来たときは目の前が真っ暗になった。

既に医者の診察を受け、ただの風邪だと診断されたと聞いたが、情けなくも身体はガタガタと震えていた。

パトリシアのときもそうだった。最初の診断は風邪だった。「少し休めば良くなるでしょう」と医者は言ったのだ。それがどうだ、蓋を開けてみれば不治の病で余命まで言い渡される有様だったではないか。

封印していたあの闘病の日々が、苦しいくらい鮮明に蘇ってくる。日に日に失われていく体力、希望を失った瞳、痩せ細っていく身体。

怖くて怖くてたまらない。

だが、もう二度と愛する人を奪われてなるものか、とその一心で気付けばソフィアの部屋に向かって走り出していた。

その後、ソフィアはすぐに回復した。「風邪なんて滅多《めった》にひかない超健康優良児だったのよ。あと十年は風邪をひかない自信があるわ！」と笑い飛ばすソフィアは生命力に溢れていて、ソフィアとパトリシアは違う人間だという当たり前の事実がひどく嬉しかった。

◇　◇　◇

結婚二周年の記念日。わたしはプレゼントに頭を悩ませていた。できることならわたしの色を贈りたい。あの幼馴染に、周りにいる全ての男たちに、ソフィアはわたしのものだと見せつけたい。

わたしの色を纏うソフィアを想像するだけで胸が高鳴った。

だが、そんな独占欲が沸々と湧き上がる一方で、わたしにそんな資格などないと諦めにも似た感情が、その独りよがりな欲に歯止めをかけた。

そんな折、年齢も近く、私的なことを話す機会も多い王太子殿下直々に王家御用達の宝石商を紹介された。

仕事が落ち着いた午後に王宮の一室を借りると、宝石商は持参した数多の宝石をビロードのジュエリーケースに並べた。その中でも一際美しいルビーを見てわたしはすぐに愛しい妻を思い浮かべ、悩むことなく即決した。

透明感のある深紅のルビーは気品と優美さを兼ね備え、ダリアのような生命力に満ち溢れている。人を魅了してやまないそれはまるでソフィアそのものであった。

デザインもすぐに決まった。雫型の大きなルビーの周りを小粒のダイアモンドが二重に取り巻くデザインはシンプルでありながら艶《あで》やかで、華やかな顔立ちのソフィアをより一層美しく際立たせてくれるだろうと選んだ。

記念日を迎え、この日を楽しみにしていたソフィアの出で立ちは、できることなら今すぐに寝室に閉じ込めて朝まで愛《め》でたいほど、いつにも増して美しかった。

だが艶やかなブロンドの髪に光り輝く髪飾りを見つけた途端、パトリシアに贈った同じサファイアの髪飾りが重なり、胸にチクリと冷えた痛みが走った。

高揚していた気持ちはたちどころに萎《しぼ》み、冷静さを取り戻した頭には昔の記憶がまざまざと蘇る。

髪飾りを贈ったときの泣きながら喜んでくれた笑顔。毎日飽きもせずつけてくれた後ろ姿。寝台で棺の中に髪飾りを入れてほしいと懇願する痩せ細った指。髪飾りを握らせ棺を閉じたときの決して開かれることのない瞳。

まるで「わたしのことを忘れないで」と、天国にいるパトリシアに釘を刺されているようで心が軋んだ。

悲恋の観劇を見てもパトリシアの影がちらつく。劇中のヒーローは、毒をあおり死んでしまったヒロインを抱きしめると後を追うようにして同じ毒をあおり、重なり合うようにして死ぬのだ。

それはまるで真実の愛の正解はこうであると見せつけられているようだった。その美しいエンディングさえ、パトリシア亡き後に愛する女性ができてしまったわたしを責めているようで胸が痛い。わたしだけがあれからも幸せな日々を過ごしているという罪悪感に苛《さいな》まれた。

レストランでの食事が終わると、ソフィアからプレゼントが贈られた。それはソフィアの瞳と同じ色のエメラルドのカフリンクスで、もしかしたらソフィアもわたしのことを愛してくれているのではないか、という淡い期待を抱いてしまう。だが一方で、パトリシアの思い出を上書きしても良いのかと戒める自分もいて、いつまで経ってもカフリンクスをつけることができず、ただただ執務室の机に置いて毎日眺めるだけの日々が続いていた。

記念日が終わるとすぐに王宮は目が回る忙しさになった。王女殿下の輿入れが決まり、ソフィアの兄、マクシムをはじめとする部下数名が隣国に調整のために渡ると、屋敷には睡眠を取るためだけに帰るような日々だった。

そんなある日、財務部の事務官を務めるパトリシアの実父・クレマン子爵と話す機会があった。

「セドリック卿、お久しぶりでございます」

パトリシアと同じ色の瞳の眦《まなじり》を下げ、人のよさが滲み出た好好爺《こうこうや》は以前よりも皺が深くなったように見え、時間の経過を感じさせる。

「クレマン子爵、ご無沙汰しております。お変わりありませんか？」

「えぇ、おかげさまで。セドリック卿もお元気そうで良かった。先の社交シーズンのお噂は聞いておりますぞ。奥さまと大変仲睦《むつ》まじいご様子だったとか」

何の含みもない言葉なのに、なぜか後ろめたい気分になり、気付けば俯きながら謝罪の言葉を口にしていた。

「え、えぇ……申し訳ありません……」

「……？　どうして謝罪されるのですか？　仲がよろしいのは結構なことではありませんか」

クレマン子爵は心底意味がわからない、といった風情で問いかけてくる。その言葉に裏は見えないが、反射的に言い訳がましい謝罪を繰り返してしまう。

「……パトリシアを忘れたことは一日としてありません。ですがわたし一人だけ新しい妻と幸せになってしまい……申し訳ありません……」

クレマン子爵は下がった眦をさらに下げ、慈しみ深い表情を向ける。その表情にパトリシアの面影が重なる。

「娘はあなたと結婚できて本当に幸せ者でした。ですがセドリック卿はひとつ勘違いしていらっしゃいます」

「えっ？」

「娘は自分のせいであなたが不幸になることなど望むような人間ではありません。どうか新しい奥さまと幸せになってください」

「ですが、神の前で永遠の愛を誓ったのに……」

「誓いの言葉には『死が二人を分かつまで』とあったように思いますが？」

「あっ………」

わたしを諭すように優しく紡がれる言葉に救われていく。心に澱《よど》んでいた罪の意識が少しずつ薄れていく。

「もしかして、そのご様子だと娘に気兼ねして奥さまにお気持ちを伝えられていないのではないですか？」

「………」

「死は誰にでも訪れます。ですがいつそのときが来るかなんて誰にもわかりません。それはあなたが一番身をもって知っていることでしょう。伝えたい言葉はそのときに伝えないと後悔することになりますよ」

どこまでも優しい元義父の言葉に不覚にも込み上げるものがあり、わたしは思わず天を仰ぎ見た。

「あぁ……本当にその通りですね……」

「どうか奥さまとお幸せになってください」

早く屋敷に帰ってソフィアにこの想いを伝えたかった。ソフィアがわたしのことを愛していなくても構わない。そのときはいつか愛してくれる日が来るように頑張ればいい。

だが焦る気持ちとは裏腹に仕事は次から次へと舞い込み、結局屋敷に帰り着いたのは深夜になってからだった。

もうソフィアは眠っている頃だろう。残念だが仕方ない。次の公休日には久々にデートへ誘って必ず『愛している』と伝えよう。

そう心に決めると執務室横の仮眠室に向かった。そこにはパトリシアから贈られたカフリンクスが置いてあり、わたしはこれまでも節目節目にこの遺品になったカフリンクスに語りかけていた。

「まだ君が恋しい」「毎日が苦しくてたまらない」「早く君のもとへ連れていってくれないか」「再婚することが決まったんだ」「とても良いお嬢さんだったよ」

当たり前だが話しかけても何も起きやしない。それでも心の拠り所として亡くなってからの日々を支えてくれたのは間違いない。

そして今日は、どうしても伝えなくてはいけないことがある。

「愛しい人ができたんだ」

クレマン子爵と話す中で罪悪感など感じなくても良いのだ、と理解はしていたが、実際に言葉にすると何と表現していいかわからない感情が込み上がる。

これまでのパトリシアとの思い出が走馬灯のように蘇ると、気付けばカフリンクスを抱き締め、涙が止めどなく零れてきた。

「シア……」

パトリシアの愛称を呼ぶ声が震える。

今やっとパトリシアの死を受け止め、ひとつの区切りを迎えられたように思う。

「……シア……すまない……君をずっと愛していた……」

パトリシアへの愛が失われたわけではない。これからも変わらず心の中に住み続けるだろう。それにもかかわらず同時にソフィアを愛してしまったわたしを許してほしくて出た言葉だった。

◇　◇　◇

翌朝も日が昇る前には身支度を済ませ、早々にエントランス前につけた馬車へ向かう。最近、ソフィアとまともに顔を合わせていない。愛していると自覚し、気持ちを伝える覚悟ができた今、ソフィアへの思慕は募る一方だ。気付けばわたしは屋敷を振り返り、ソフィアの寝室がある二階を仰ぎ見ていた。まだ薄暗い夜明けの時間。きっと彼女はまだ眠りの中だろう。今夜こそソフィアの顔を少しでも見たい。そう思ったわたしは山積みの仕事を思い浮かべ、急いで王宮に向かったのだった。

区切りがついた心は軽く、いつもより仕事が捗《はかど》り、気が付けば夕方になっていた。窓越しに傾いた太陽を見ながら背伸びをしていると、ジュラバル侯爵家の侍従が手紙を二通、宰相補佐室まで持参してきた。一通はわたし宛、もう一通はマクシム宛だ。

「奥さまからお手紙をお預かりして参りました。旦那さまの可否をお伺いしたいので、お忙しい中申し訳ありませんが先にお読みいただけますでしょうか？」

そう言われるまま開封すると、流れるような美しい文字で「母の体調が悪いので、しばらく実家に帰りたい」と記されてあった。

もちろん問題ない、と侍従には言伝《ことづて》を頼むが、心の内ではひどく落胆していた。

一週間だろうか、二週間だろうか。これからしばらくは屋敷に戻ってもソフィアがいないと思うと、あんなに捗っていた仕事も、もう身が入ることはなかった。

結局この日の帰宅も深夜になってしまった。外務部から突然の呼び出しを受け、厄介な仕事が舞い込んだせいだ。自室で着替えていると、家令からソフィアが明朝には出立すると聞かされた。一般的に女性の旅の準備は数日かかる。にもかかわらず、これほどまでに急ぐというのは、義母の体調がよっぽど悪いということだろうか。

翌早朝、少しでもソフィアの顔を見たいと見送りに立った。残された仕事を思えば、そんな時間はないのだが、どうせしばらくはソフィアがいないのだ。家に戻る必要もなく、王宮に泊まり込めばいい話だ。

久々に会ったソフィアは、どことなく普段とは違う物憂げな表情をしていた。らしくなく寂しげで、弱々しい瞳が気にかかったが、きっと母親の心配をしているのだろう、と問いかけることはしなかった。最後の出立の挨拶が終わると、いよいよ別れが惜しくなり、わたしはソフィアを抱きしめた。花のような優しい香り、心地よい柔らかな身体、その全てが愛おしかった。

その日王宮から戻ると案の定、主人を失った屋敷はしんと静まり返っていて、物寂しい空気感が漂っていた。ソフィアがいるだけで屋敷内の雰囲気は温かで、たとえ会えなかったとしても心休まる場所だっただけに、いないだけでこうも冷え冷えとした雰囲気になるのかと思い知らされる。

それから二週間経ってもソフィアからは戻ってくると連絡がなかった。我慢すべきだと思いつつも、つい待ちきれず早く会いたいなどと帰宅を促すような手紙をしたためてしまう。しばらくして返ってきた手紙には、もう少しだけ母の様子を見守りたい、という至極シンプルな内容が書かれていた。

看病であるならば仕方あるまい、と自分に言い聞かせ一カ月が経った頃、隣国との調整におおかた目処《めど》が立ったマクシムたちが帰国した。

「マクシム、母君の体調が優れない中、長期の出張すまなかった。業務も落ち着いてきたし、マクシムも休みをとって見舞いに領地に戻ってはどうか？」

「えっ？　何のことでしょうか。母上が体調不良だなんて聞いておりませんが」

「えっ……そ、そうか。わたしの勘違いだったかもしれん。気にしないでくれ」

その言葉を聞いて頭は真っ白になった。

それではなぜソフィアは領地へ戻ったのか。戻らねばならぬ理由があるとして、なぜ本当の理由を教えてくれなかったのか。

席に着いたマクシムに視線を向けると、山積みになった手紙の中から、最近ソフィアがお気に入りでよく使っていた見慣れた便箋を手に取るのが見えた。そして一読すると明らかにしまったという表情を見せ、手紙から顔を上げたとき、わたしと視線がかち合った。

気まずそうな表情から察するに、ソフィアは兄に口裏合わせを頼んでいたのだろう。だが彼女はマクシムが隣国に渡っていたことを知らなかったようだ。

嫌な予感ばかりが募っていく。たしかローゼン伯爵家とあの幼馴染の男のアルディ伯爵家は隣同士だったはずだ。

もしかしてあの男の恋情を受け入れ、王都から離れた地で逢瀬《おうせ》を重ねているのかもしれない。そんなこと、ソフィアに限ってあるわけがないと思っても、居ても立ってもいられない。わたしは急遽《きゅうきょ》一週間の休暇を願い出ると王宮を飛び出した。

屋敷に帰り着くとすぐに出立の準備に取り掛かる。使用人たちは何事かと驚いていたが構う余裕はない。

馬車で二日ほどの距離だがその時間がもどかしい。馬で駆けていけば一日あれば足りるだろう。久しぶりに愛馬に跨がると、せきたてられるようにローゼン伯爵領に向かって走り出していた。

どうかあの男の手を取らないでほしい。せめてわたしの気持ちを伝えるチャンスが欲しい。「伝えたい言葉はそのときに伝えないと後悔することになりますよ」と言ったクレマン子爵の言葉が頭の中で響く。

死ばかりが二人を分かつわけではない。誤解やすれ違いが二人を分かつことだってある。どうか間に合ってほしい、その一心で脇目も振らず駆けていくと、翌日の午後にはローゼン伯爵家へ到着した。

突然の訪問にもかかわらずローゼン伯爵にも夫人にも拍子抜けするほど和やかに歓迎された。やはり夫人に体調の悪さを感じるところは微塵《みじん》もない。昨日抱いた疑惑がより深まっていく。

「この度はおめでとうございます！　ふふっ。今日はサプライズで来られたのですか？　ソフィアもさぞかし喜びますでしょう。ちょうど今、ヴァンサン卿がお越しになってお茶をしているんです」

何を祝福されているのかはわからないが、それよりも夫人が続けた言葉が気になって仕方がない。つい眉を顰《ひそ》めてしまったのを見逃さなかった夫人は、言葉足らずであったことを自覚したのか少し慌てた様子で話を続けた。

「あっ、でもご安心ください。目の届く中庭ですので、やましいことは一切！　ございませんので」

夫人の口調には後ろ暗いところが全くない。ソフィアの滞在中に度々あの男がお茶をしに来ているのは腹立たしいが、幼馴染の一線は越えていないようで胸を撫で下ろす。

「さぁさぁ、このまま真っ直ぐ行くと中庭です。久々の再会ですもの。わたくしたちはお邪魔しないようにここで失礼いたしますね」

そう言って背中を押されるように中庭に進んでいくと、アンベルが気配を消して廊下に控えているのが見えた。

ソフィアとあの男の姿が目視でき、なおかつ会話が聞こえない絶妙な場所選びはさすがの一言だ。

「……旦那さま！　こちらまでお越しになられたんですね。わたくし、お茶の準備をして参りますので、どうぞ早く奥さまのもとへ行って差し上げてください」

そう和やかな顔を向けるとそそくさとお茶の準備をしに奥へ入っていく。その勝手知ったる様子は一カ月という時の長さを物語っているようだ。

アンベルに促されるまま中庭に足を進める。ソフィアの後ろ姿しか見えないが、それだけでも愛しさが込み上げてくる。

風にそよぐ美しい髪は、太陽の光を受けてキラキラと輝き、つい目が釘付けになる。

あの柔らかな身体を抱きしめて、春の陽気のような心落ち着くソフィアの香りをいっぱいに吸い込みたい。結婚してから二年ですっかり馴染んだ肌と香りが恋しくてたまらない。

自分の気持ちに素直になってみると、ますますソフィアに対する思いを色濃く自覚する。

久々の再会に心躍らせ歩みを進めると、風に乗ってあの男の声が聞こえてきた。

『――ソフィは今幸せか？　妊娠しているってのに、ちっとも幸せそうに見えない。俺ならそんな顔はさせない』

「…………っ!!」

あまりの衝撃で声が出ない。あの男はなんと言ったのか。妊娠……ソフィアが？　もし本当ならなぜわたしに伝えてくれなかったのか。混乱する頭の中はぐちゃぐちゃで理解が追いつかない。それに追い討ちをかける言葉が聞こえてくる。

『旦那と別れて俺と結婚しよう。絶対に幸せにする』

聞き捨てならない言葉に胸が早鐘を打つ。ソフィアの後ろ姿しか見えないが、そんなに幸せじゃない顔をしているのだろうか。自分に向ける表情はいつも穏やかに微笑み、あれが不幸せな人間の表情だとは俄かには信じがたい。

だが、ふとローゼン伯爵家に出立するときの物憂げな表情をしたソフィアを思い出しハッとする。あのときからソフィアはいつもと違う様子だった。自分の気持ちに浮かれ、ソフィアに感じた違和感を流してしまったことに深い後悔が押し寄せる。

情けないことに足はすくみ上がり、その場から動くことができない。

ソフィアはどう応えるのか。あの男の手を取ってしまうのか。どうかあの男を選ばないでほしい。そんな祈るような気持ちで柱の陰に佇みながらソフィアの言葉を待つ。

『……ジュラバル侯爵家にはわたしは不必要かもしれないけれど、後継は必要なの』

違う。わたしにはソフィアが必要なのだ。後継に恵まれなければ縁戚から養子を取れば済む話だが、ソフィアの代わりなんていやしない。

なぜそんなこともわからないのか、と苛立つ気持ちは一瞬だった。そんなこともわからないほど、わたしの言葉や態度はソフィアに愛を伝えるには程遠いものであったのだと思い知らされる。愛する女性にこんな惨めな言葉を言わせてしまった自分が、不甲斐なくて情けなくて殴り倒してやりたい。

だが、嘆いてばかりではいられない。ソフィアはあの男の手は取らないとはっきりと告げていた。それが義務感から生じた決心であったとしても、わたしの側にいることを選んでくれたのだ。

鉛のように重い心を抱えながら、これからわたしが為《な》すべきことを必死で考え、なんとか自分を奮い立たせる。婚約時からの発言と態度を心から謝罪し、愛していると伝えることしかわたしにできることはない。その気持ちをいつ受け止めてもらえるかはわからないが、伝えたい気持ちはそう思ったときに伝えないと、またもや手遅れになってしまう。

重たい足に発破をかけてソフィアのもとへ向かおうとしたとき、あの男に辞去を促したソフィアも立ち上がり、こちらに振り向いた。

その表情は生気を失い、わたしの大好きな新緑の瞳は虚無感に満ち光を失っていた。それはわたしが初めて目の当たりにした表情で、胸がキュッと握りつぶされたかのような痛みを覚える。

わたしと目が合ったソフィアは驚きで目を見開き、唇を血が出そうなほど強く噛みしめると、苦《く》悶《もん》の表情を浮かべ反対方向に向かって走り去っていってしまった。

それはあまりに一瞬の出来事で、わたしは呆然とその後ろ姿を見つめることしかできずにいた。

その後ろ姿が見えなくなり、ソフィアの残像だけが残る廊下の先を眺め続けていると、すぐ側で敵意に満ちた男の声が聞こえてきた。

「おい、今さらここへ何しに来たんだ」

「…………妻を迎えに来た」

「はっ！　笑わせるな、何が妻だ。ソフィを子を産む道具ほどにしか見てないんだろ」

「断じて違う！　わたしはソフィアを愛している」

そう、今では断じて違うと言い切れる。だが、婚約当時はそう言い切ることができなかったのも事実で、ジュラバル侯爵家の後継を産むに相応しい条件の合った女性ということでまとまった縁談だった。その後ろめたさのせいか、男の腹立たしい暴言にも強く反論することができない。

「じゃあなんでソフィはあんな不幸そうな顔をしているんだよ」

「…………」

「なぁ、ソフィがいらないんだったら俺に譲ってくれよ。俺ならあんな顔は絶対させない」

「ソフィアはわたしに必要な女性だ。君に譲るつもりなんてさらさらない。夫婦の問題にこれ以上首を突っ込まないでくれ」

まともに言い返すこともできない状況に、つい八つ当たりじみた言い方になってしまう。

「じゃあもっとしっかりしてくれよ。俺は……ソフィが幸せならそれでいいんだ。あいつの悲しそうな顔なんて見たくないんだよ」

「それはわたしだって同じだ！」

「……今日は卿に譲るが、これからもこんなことが続くようなら、俺は本気でソフィを奪いにいくからな」

そう言い放った男は足早にエントランスに向かって歩いていく。

わたしはその姿を見送ると、ソフィアが走り去った方向に向かって走り出していた。

〈13〉

ギュッと目を瞑り、不安に呑み込まれそうな心を鼓舞したとき、扉をノックする音が聞こえた。

「ソフィア？　中にいるのかい？　入ってもいいだろうか？」

優しく響く低音の声。愛しい男の声。

「ええ。どうぞ入って」

震えそうになる声をなんとか抑え込み、精一杯背筋を伸ばして招き入れる。涙で化粧は既に剥がれ落ちてしまっているが、少しでも気高くありたい。

ゆっくり扉が開き、部屋に入るセドリックを見た瞬間、心に喜びと切なさが同時に襲いかかり、気を抜けばすぐに溢れ出しそうになる涙を必死に堪える。

「ソフィア……その……少し話をしたいんだが、今大丈夫だろうか？」

「ええ。わたしもちょうど伝えたいことがあったの。どうぞこちらにかけて」

自室の窓辺に置かれたソファセットに案内するが、セドリックのいつもとは違う落ち着きのない様子に不安がよぎる。

セドリックの話したいことは何？　そんなに言いにくいこと？

わたしにとって良くない話なの？

不安に押し潰されそうになるが、強く手を握りしめ、どうにか平静を装う。

「こんな遠くまで来てくれるなんて……何かあったの？」

「……あぁ」

「そう。何があったのか聞いてもいい？」

「……ソフィアの母君の体調が良くないというのは偽りだと気付いてね。マクシムに口裏合わせを頼んだんだろうが、彼はしばらく隣国に滞在していたせいで君の手紙を読んでいなかったんだ」

兄が隣国へ長期で行くことなどこれまで一度もなかったことで、つい確認もせずに一方的に手紙を送ってしまったが、それが原因でばれてしまったようだ。

「嘘をついてまで領地へ戻った理由が知りたくて……。気付いたら馬に乗って走っていた」

「ごめんなさい……」

「いや、いい。理由あってのことだろうから。ただ、まさかその理由が妊娠だなんて……なぜなんだ？　どうしてわたしに妊娠したことを教えてくれなかったんだ？」

セドリックは眉間に皺を寄せているが、怒っているというよりむしろ悲しそうな表情で問いかけてくる。

「本当は医師から妊娠を告げられた日の晩に、セドリックに一番に伝えるつもりでいたの……」

そう、あんな光景さえ目にしなければ、わたしは真っ先にセドリックに妊娠の事実を伝えていたはずなのだ。そしてなんとも皮肉なことだが、あんな光景さえ見なければ、自分の中に秘められていた恋心に気付くこともなかっただろう。

「セドリック……ごめんなさい。あなたにとって迷惑な話だと思うけれど、わたし……」

セドリックの瞳が不安げに揺れているのが目に入り、一瞬言葉に詰まってしまいそうになるが、どうにか弱気な心を奮い立たせる。

「……あなたを愛してしまったみたい……ごめんなさい……」

「えっ……？」

拍子抜けした声がセドリックから漏れ聞こえてくる。

「……ごめん、ソフィア。もう一度なんと言ったのか聞かせてくれるかい？」

ただ愛を告げるだけなのに、どうしてこんなにも胸が苦しくなるのだろう。

ただ愛を告げるだけなのに、涙が零れそうになるのはなぜだろう。

それを二度も要求してくるなんて、なんて酷なことをさせるのか。だが一度気持ちを吐き出してしまえば、堰《せき》を切ったように次から次へと気持ちが溢れ出してきた。

「セドリックが好きなの。気付いたらどうしようもないほど愛してしまっていたの……ごめんなさい。あなたにも愛してほしいなんて望まないから、どうかこの気持ちを持ち続けることだけ許してほしいの」

「…………!!」

驚きで目を見開いたセドリックは、天を仰ぎ、両手で目と額を押さえつけた。

大きなため息が漏れ聞こえ、この告白が失敗に終わったことを如実に感じ取る。わたしはいつの間にか頬を伝っていた涙をゴシゴシと拭った。

愛する気持ちを胸に抱くことさえ許してもらえない。それも想定していたことだが、これまでの二人の良好な関係性から、それくらいは許してもらえるだろうと期待もしていた。

だが無残にもその期待は砕け散った。

きっと良好な関係性だと思っていたのはわたしだけで、セドリックが見せてくれていた優しさは全て、婚約時の『妻を敬い、大切にする』という誓いを守っていただけに過ぎなかったのだろう。

セドリックとパトリシアさま二人の一番の応援者であり、理解者であると豪語していたわたしの告白は、セドリックにしてみれば誓いを違《たが》えた裏切り者に映ったに違いない。

拒絶されたとしてもこの想いは伝えたいと思っていたはずなのに、絶望で目の前が真っ暗になる。底知れぬ喪失感に今にも心が壊れてしまいそうだ。

せめて元の〝信頼で結びつく夫婦〟に戻ることはできるだろうか。いや、もう元には戻れない。一旦壊れたものは形だけ元に戻ったように見えても傷は残ったまま、脆《もろ》く壊れやすい。

「愛してしまってごめんなさい。でもこの気持ちは忘れるようにするから、なかったことにしてみせるから……どうか……安心してちょうだい」

「いや……ちが……」

わたしの初恋。どうやったら忘れられるだろう。この苦しみを忘れられる毒薬があれば今すぐにでもあおるのに。

「マナル地方に侯爵家の別邸があったわね。そこにわたしだけ移り住んでもいいわ。子どもを育てる環境としても良さそうだし」

「ちょっ……待ってくれ……」

子どものことだけを考えて暮らすのも悪くないかもしれない。行き場を失った愛情を生まれてくる子どもに全て注ごう。そうすればこの苦しみもいつか忘れることができるに違いない。

「あっ……でも子どもが女の子の可能性もあるわね。後継には男の子が必要だし……もし女の子だったら二人目を孕める時期にタウンハウスに戻ってくるわね」

無言の時間が耐えきれず、矢継ぎ早に喋り続けてしまう。セドリックの話を聞くのが怖い。拒絶される言葉を愛する人に言われて平気でいられる自信がない。

「ソフィア!!」

突然大声で名を叫ばれ、ビクリと身体が震える。

その声の主、セドリックはわたしが座る二人がけのソファに移動すると、強く身体を抱きしめてきた。

ぎゅうぎゅうに締め付けられ息苦しいのに、こんなに重苦しい話をしている最中なのに、セドリックの腕の中はなぜかとても心地よい。大好きなアンバーの香りに包まれ、興奮していた頭がゆっくりと落ち着きを取り戻す。顔を大きな胸に埋め、胸いっぱいに息を吸い込む。

セドリックの鼓動がすぐ近くで聞こえる。その速い鼓動を感じていると、頭の上の方で鼻を啜る音が耳に届いた。もしかしてセドリックも泣いているのだろうか。

「ソフィア……ソフィア……」

切なげな声でわたしの名を呼びながら、温かな右手は何度も何度も頭を撫でる。まるで愛されていると勘違いしそうになるような優しい手つきは、ますます自分を惨めにするからやめてほしい。そう思いセドリックの腕から抜け出そうと力を込めるが、より強く抱きしめられてしまうだけだった。

「ソフィア、お願いだ。このままでわたしの話を聞いてほしい」

抱きしめられたまま、わたしは頷いた。何を言われても受け入れるしかない。これから放たれる残酷な言葉に身構えるように強く目を瞑る。

「ソフィア……わたしもあなたを愛している。心から、あなたを愛している。だから……愛する気持ちを忘れるだなんて言わないでくれ」

「………っ!!」

セドリックの声も震えている。その希うような声色とすぐ側から聞こえる速い心音だけで、この言葉に偽りがないとはっきりわかる。

だが、反射的に口をついて出たのは、それを否定する言葉だった。そんな都合の良い話あるわけない、とわたしの理性が舞い上がりそうになる気持ちに歯止めをかける。

「……嘘……信じられないわ」

「嘘じゃない！　どうか信じてほしい。気付いたらソフィアをどうしようもなく愛してしまっていたんだ」

信じられない言葉に心臓が痛い。信じてもいいのだろうか。想定していなかった言葉の数々にうまく感情が表せない。嬉しくて嬉しくてたまらないのに、涙がポロポロと零れ落ちるだけで言葉にならない。

愛しい人に愛しいと思ってもらえる、そんな単純なことがこんなにも心を震わせる。

「……さっきのため息はどうして？　わたしの気持ちが疎ましいからじゃないの？」

ようやく声に出せたのは、ひとつ残った疑問を問う、ひどく弱々しいものだった。

「違う！　本当はわたしからソフィアに愛を告げたかったんだ。そのためにここまで来たんだ。まさかソフィアの話が告白だなんて思いもしなかったから……」

わたしの両肩を掴み、真っ直ぐな眼差しで訴えるセドリックは沈痛な表情を浮かべている。

「愛する女性に辛い想いをさせただけじゃなく、告白までもさせてしまうなんて……自分が情けなくて嫌になる」

肩を掴んでいた手はするするとわたしの手まで降りてきて、両手でギュッと握りしめられる。

「もう一度言わせてほしい。わたしはソフィアを愛している。ソフィアと巡り会えたこと、結婚できたこと、本当に神に感謝しているんだ」

「えぇ……わたしも同じ気持ちよ……」

わたしの方こそ感謝している。きっとセドリックと結婚しなければこんな気持ちを知ることもなかった。

苦しい想いもしたが、もしセドリックに愛してもらえなかったとしても、この愛しいという感情を知ることができて良かったと思っただろう。

「ソフィア……だが、わたしは同時に謝らなければならない。許せなくて当然のことだと思うが……」

この後に続けられる言葉はおおかた予想がついた。だが、気持ちを通じ合わせたことでわたしはその言葉を受け止める覚悟はできている。もう何を言われても大丈夫だ。

「わたしはこんなにもソフィアを愛しているというのに……いまだパトリシアを忘れることができない……。同時に二人の女性を想う、こんな不実な男で申し訳ない……」

思った通りの言葉に胸を撫で下ろす。何が不実なものか。むしろ誠実だからこそ、パトリシアさまのことを忘れられないのだ。わたしの愛した男性は、一度愛した女性をすぐに忘れるような男性でなくて良かった。

今でもセドリックとパトリシアさまが踊る姿を鮮明に思い出すことができる。あのときの二人を否定したくない。二人は確かに愛し合っていたし、パトリシアさまがいたからこそ今のセドリックがいる。そしてわたしは今のセドリックを愛しているのだ。

婚約当初にした茶会で、パトリシアさまとの思い出を語るセドリックの瞳は慈しみに満ちていた。セドリックにあれほどの表情をさせる思い出を、どうして忘れてほしいだなんて思うだろうか。

なにより、わたし自身が誰よりもパトリシアさまに憧れていた。パトリシアさまを思い出すとき湧き起こるのは決して悪感情なんかではない。壁の花となり、一心にパトリシアさまを見つめた少女時代の純粋な気持ちと楽しかった思い出だ。わたしはセドリックを愛してしまったが、パトリシアさまの立ち位置を奪おうだなんて微塵も考えていない。

わたしはわたしの場所でセドリックに愛されるのを望んでいる。パトリシアさまの代わりになりたいわけじゃない。

「いえ。不実だなんて全く思わないわ。すぐにパトリシアさまを忘れるような人じゃなくて安心しているくらいよ。言いにくいことを正直に話してくれてありがとう」

強がりではない、本心から出た言葉だった。こんなセドリックだからこそ、わたしはこんなにも好きになったのだ。嫌悪するどころかさらに愛しさが募る。

「ありがとう、ソフィア……」

そう言うとセドリックはもう一度強くわたしを抱きしめた。息苦しくなるほどの強い抱擁に幸せを噛み締めていると、頭上からひとりごとのような声が聞こえてきた。

「これからはやっと、ソフィアに愛していると伝えることができるんだな」

思いも寄らない発言に驚き顔を上げると、そこには見たこともないような甘い顔をしたセドリックが真っ直ぐにわたしを見つめていた。

「えっ？　それはどういう意味？」

「これまでも何度もソフィアに愛していると言いたかったんだ。けれどソフィアはエウクラス神話にとても憧れていたからね。わたしに気持ちを向けられても不快なだけかもしれないと思って、『愛している』と言う代わりに『大切だ』と言い続けていたんだ」

なんということだろう。あの何度も聞かされた『大切』という言葉が、本当は『愛している』だったなんて。

そうであるならば、わたしは幾度となく愛を告げられていたことになる。突然知らされた事実に、嬉しさと困惑が入り乱れる。

「ソフィアが気持ちを自覚したのはローゼン伯爵領に戻った頃だろうか？　わたしはもっと早くから自分の気持ちを自覚していたからね」

「えっ……いつから？　全然そんな素振りなんて見せなかったから全く気付かなかったわ」

「ソフィアのことはずっと好きだったよ。でもそれは大切な家族としての好意だと思っていた。それが女性として愛しているんだと自覚したのはこの間の夏だった」

驚きの連続に頭がついていかない。夏頃ならば半年以上も前ではないか。その間、わたしに気持ちを気付かれないように振る舞うのはどれほど苦しかったことだろう。

「そんなにも前から想ってくれていたのね。ありがとう。その……何かきっかけがあったの？」

「情けない話だが、ヴァンサン卿と踊るソフィアを見てひどく嫉妬して……。それでやっと気付いたんだ」

「あの時、全然平気そうな顔していたのに……」

「必死に平気な顔を装っていたけれど、心の中は嵐のように荒れていた……くそっ、格好悪いな……」

初めて見る少年のように悪態をつく姿が可愛くて仕方ない。

全てを曝け出してくれているのだという充足感も相まって、わたしはたまらず両手をセドリックの背中に回すと力いっぱいに抱きしめた。

「ふふっ。愛しているわ、セドリック」

温かな胸に頬をスリスリと擦り付けていると、照れたような笑い声が上から聞こえる。

「わたしも愛している……あぁ、こんなに幸せな日が来るなんて想像もしなかった。愛しいソフィア……どうかわたしが死ぬその日まで一生共にいてくれ」

◇　◇　◇

どれくらいの時間が経っただろうか。

お互いの体温や鼓動を確認するかのように、静かに強く抱き合っていた力が弱くなると、肩に手を置いたままセドリックの身体が離れた。そして窺うような上目遣いで恐る恐るといった体で問いかけてきた。

「……ソフィアの告白に舞い上がって忘れていたが、もうひとつ確認しなければならないことが残されていたな」

「えぇ。なんでも聞いて」

「妊娠したことをわたしに一番に伝えてくれるつもりだったんだろう？　ではなぜそうしなかったんだ？　愛してくれているなら、なぜその事実を告げずに実家へ戻ったんだ？」

悪意はなかったとしても夫の部屋へ忍び込み、人知れず涙を流す姿を盗み見たなんて言いたくなかった。

だが、これ以上セドリックとすれ違うのはごめんだったし、正直に話すことの大切さを身をもって知ったばかりだ。はしたない行為を咎められるかもしれないが、わたしには正直に話す選択肢しかなかった。

「それは……妊娠を告げられた日の夜、あなたの執務室に行ったのよ。……でもそこで見たのはパトリシアさまの名前を切なげに呼び、『愛していた』と泣きながら繰り返すあなたの後ろ姿だったわ……」

盗み見るつもりはなかったが、結果としてプライベートを覗き見するような真似をしてしまい申し訳ない、と謝罪すると、セドリックはゆっくりと首を横に振った。

「皮肉なことだけど、その姿を見て初めて、わたしはあなたを、セドリックを愛していると気付いたの。それで…………」

今ではセドリックがわたしのことを愛しているとわかっていても、あのときの光景を思い出すと胸が苦しくなる。一度大きく深呼吸をして気持ちをどうにか落ち着かせる。

「愛する人に愛されない現実を受け止める時間が欲しかったの。あなたを見ると苦しくて……少しでいいから現実から逃げたかったんだと思うわ……」

侍女たちの会話に出てきた髪飾りとカフリンクスの話もそれとなく伝えると、セドリックは美しい顔をくしゃくしゃに歪めた。

「すまない……わたしの浅はかな行動のせいでソフィアを傷付けてしまった」

わたしが執務室で見た光景は、パトリシアさまの形見であるカフリンクスに向かって、愛する人ができた報告と、永遠の愛を誓ったはずなのにわたしを愛してしまったことへの謝罪であったと教えてくれた。

その他にもセドリックは絡まった糸を解きほぐすように、丁寧に丁寧に言葉を尽くしてくれた。

パトリシアさまへの後ろめたさからカフリンクスもしばらくつけられなかったが、クレマン子爵の言葉でその後ろめたさを断ち切ることができたこと。結婚二周年のプレゼントには本当はサファイアを贈りたかったが、婚約時に愛することはないと言い放った手前、自分の色を贈ることが図々しく思えて躊躇ってしまったこと。自分の気持ちを伝えても不快感を抱かせてしまうのではないかと恐れていたこと。

「こうやって話していると、自分の腑抜けっぷりが嫌になるな……嫌いになったか？」

「まさか！　わたしだってセドリックに好きだと伝える勇気もなくて逃げ出したんだもの。お互いさまだわ」

「ソフィアは優しいな。これでもう他に気になっていることはない？」

「えぇ、もう大丈夫よ。ありがとう」

「……じゃあこれで心置きなくソフィアを愛することができるね」

そう言葉にしたセドリックを見つめると、これまで見たことのないような情欲的な瞳がわたしを捉えていた。凪いだ湖面のようだと思っていた瞳が、今はゆらゆらと青い炎のような熱を帯びている。

その熱に侵されたようにわたしの身体も熱く火照りだす。セドリックが欲しい……そう思った刹那、二人の唇が重なった。

お互いに無我夢中で相手を求め合った。熱を分け合うように舌を絡め合う。わたしの全てを奪うように舌を吸い上げられ、上顎をねっとりと舐め上げられると、もはや何も考えられない。くちゅくちゅと淫靡な音が耳を犯し、痺れるような甘い口付けは徐々にわたしから理性を奪っていった。

「んっ……んん…………」

激しい口付けに翻弄され、息をする暇が見つからず苦しげな声をあげると、我に返ったセドリックにようやく解放された。二人の間に銀糸が伝い、なんとも淫らな光景につい頬が熱くなる。

「悪い……歯止めが利かなくなってしまった……」

すまなそうな顔で頭《こうべ》を垂れるセドリックはそっとわたしのお腹に手を当てた。

「わたしたちの子が宿っているのに無理をさせてすまない。この続きは無事に産んでからだな」

愛おしげにお腹をさすられ、こそばゆい気持ちになる。だがそれと同時に身体は熱を持て余し、セドリックを果てしなく求めていた。

それはセドリックとて同じようで、理性で情欲を抑え込もうとしているが、柔らかい素材の旅着では隆々と勃ちあがった剛直を隠すことは不可能だった。

「あの……セドリック……お医者さまからは……その……は、激しくしなければ性交渉してもいいって言われたわ……」

自分から誘うなんてはしたないことだとわかっていても、この欲求を抑え込むことなんてできない。思い切って言ったものの、あまりの恥ずかしさに真っ赤になって俯いてしまう。

「ソフィア……ありがとう。わたしもソフィアが欲しくてたまらない。本当に抱いていいのかい？」

「えぇ。わたしもセドリックが欲しい……」

「できる限り優しくする……」

一瞬にして瞳に熱が戻ったセドリックはわたしをそっと抱きかかえると、寝台に宝物を扱うかのように優しく横たわらせた。

セドリックの訪れがある夜にいつも身に纏っている薄いネグリジェは、リボンを解くだけで裸身が露わになるが、今はアフタヌーンドレスだ。脱がすにも時間がかかるし、やっと脱がせたとしても妊婦用のコルセットまで身につけている。

だがそれさえも愉《たの》しむように、セドリックは少しずつ露わになる肌に慈しむような口付けを次々と落としていく。静かな部屋に響くリップ音はなんとも淫靡な空気を醸し出し、わたしの火照った身体はさらに熱を帯びていく。

「……綺麗だな」

気付けば丸裸になったわたしを見下ろして、セドリックがぽつりと呟いた。

「セドリックも脱いで……」

わたしは起き上がり、セドリックの服に手をかけると、一枚一枚脱がしていく。セドリックはされるがままで、その様子を何も言わず見つめている。

旅着なんて脱がすのは一瞬だ。春の午後の光が射し込む部屋の中で露わになったセドリックの引き締まった身体と、その中心にいきり立つ剛直。それを見たわたしの秘部は触れられてもいないのにトロリと蜜を零した。

「もう一度抱きしめたい」

セドリックはわたしの手を取ると自らの方へ引き寄せる。そして太腿に跨がるようにわたしを座らせると、背中に手を回し優しく抱きしめた。

素肌が密着して気持ちいい。汗ばむ二人の身体はしっとりと吸い付くようだ。もっとセドリックを感じたいとわたしも首に手を回すと、胸の先端が固い胸筋に擦れ、びくりと身体が震える。既に先端はその色を濃くしてぷくりと膨らんでいる。そしてお互いの腹の間にある剛直は、さらに存在感を増し、ヌラヌラと先走り汁を纏わせていた。

「すごく濡れている」

跨がった太腿をセドリックが揺らすと、たまらずわたしは身悶《みもだ》え、小さく喘いだ。

「だって……」

口付けと抱擁だけでこんなにも濡れてしまっているなんて恥ずかしくたまらない。だがそう思えば思うほど、次々と蜜が零れ出す身体が恨めしい。

「あぁ……ほんとうにソフィアは可愛いな」

そう呟いたセドリックはもう一度味わうかのように唇を重ねた。胸をやわやわと揉みしだかれ、疼くような快感に身を委ねていると、コリッと先端を弄ばれ、ピクンと身体が浮き上がってしまう。

「ふふっ。今日はやけに素直だね。ソフィアはここを弄《いじ》られるのが好きだよね」

そう悪戯っぽく笑うセドリックはクラクラするほどの色気を醸し出しながら、先端を少し強めに刺激する。

「あっ……あん……もうお願い……」

これからもたらされる快楽を知り尽くしている身体はさらに強い刺激を求め、おのずと腰がゆらゆらと太腿に擦り付けるように揺れてしまう。

「もう少しだけソフィアを味わわせて」

強弱をつけて巧みに乳嘴《にゅうし》を弄んでいた指はそろそろと薄い下生えを越え、しとどに濡れそぼった割れ目をさわさわと往復する。もどかしい快感に身を震わせると、くすりと笑った声が耳に届き、その直後秘芽を優しく擦り上げられた。

「あぁ……あっ……」

たまらずあられもない声をあげると、クニクニと絶妙な強さで追い討ちをかけてくる。

「んんっ――！　いやぁ……」

「だめ、声を我慢しないで。可愛い声を聞かせて」

秘芽を親指で弄りながら、骨張った中指を蜜道へぐいっと差し込まれる。わたしの弱いところを的確に擦り上げられてしまえば、いとも簡単に絶頂に達してしまう。

「あぁ――っ!!」

身体はびくびくと痙攣し、蜜道はセドリックの指を離すまいとぎゅうぎゅうに締め付ける。

「んっ……すごい締め付けだな。もっと悦くしてからと思ったんだが……すまない、わたしも限界のようだ」

そう言ったセドリックは指を引き抜くと、あろうことかわたしの愛液で淫靡に濡れる指を己の唇に寄せるなりペロリと舐め上げた。

「…………っ!!」

「あぁ……甘いな……」

そのなんとも背徳的な色香にあてられて、わたしの鼓動は早鐘を打つ。これまでもセドリックとの交わりには翻弄されっぱなしだったが、まだまだ序の口だったようだ。セドリックの本気を見せつけられて、眩暈に似た恍惚感《こうこつかん》を覚える。

「セドリック……お願い……挿れて……」

「これ以上煽らないでくれ。優しくできなくなる……」

セドリックは太腿に座るわたしの背中を支えるようにして、ゆっくりと身体を押し倒した。決して体重がかからないように気遣う姿に胸がいっぱいになる。

これから与えられる快楽を期待した秘部が戦慄くと、セドリックは己の剛直に手を添え、ゆっくりと挿入してきた。

「……くっ……絡みついてくるな……」

汗ばんだ肌に抱きしめられながら労るようにゆっくりと突き入れられ、剛直を根元まで咥《くわ》え込むと、耳元でなまめかしいため息が聞こえた。

「はぁ………ソフィア、愛している……」

鼓膜を揺らす甘い囁きがゾクゾクとした喜びとなって身体中を駆け巡る。

しばらく突き入れられたまま、耳元では切なげな息遣いを、蜜道では脈打つセドリック自身を感じる。セドリックの温かい身体に包まれ、あまりの幸福感に目からはぽろぽろと涙が溢れてくる。

「どうして泣く？　やはり痛むのか？」

そう気遣わしげな視線を受け、わたしはふるふると首を横に振った。

「……いえ、違うの。あまりにも幸せで……愛している人に抱かれるのはこんなにも幸せなことだったのね……」

背中に回した腕も、剛直を咥え込んだ蜜道も、セドリックを離すまいとぎゅうぎゅうと締め上げる。

「ん……そうだな……こうして愛を囁きながら交われるなんて夢のようだ。ソフィア、何度でも言わせてほしい、あなたを愛している」

単純なわたしの身体は「愛している」の言葉に呼応するように、キュッキュッと剛直を締め付ける。セドリックしか知らないこの身体は、ぴったりとセドリック自身と密着し僅かな隙間もない。

セドリックから切なげな声が漏れ、額には粒のような汗が伝った。

「……少し動いてもいいだろうか？」

わたしが頷くとセドリックはゆるゆると腰を動かし始めた。奥を刺激しないように繰り返される抽送に初夜を思い出す。だがあの夜と違い今はお互いに愛し合っている。ただそれだけで、あの夜の何倍もの快楽が身体にもたらされる。

動きは決して激しくないのに確実に快楽は積み重ねられ、波に呑み込まれそうになるすんでのところでセドリックは腰を引いた。

そして勝手知ったる様子でわたしの弱い部分、蜜道手前の腹側を擦るように突き上げられると、目の前にバチバチとした火花が散り、快楽の渦の中に落とされてしまう。

「んぁ……ああ……セドリック………」

浮遊感の中、ぼおっとする頭で見上げると、セドリックもまた目尻を薄ら赤く染め、必死に何かを堪えているように見える。

「ソフィア……すまない……これ以上もちそうにない……」

大粒の汗を滴らせたセドリックは奥を突き上げないように抽送のスピードを早める。

一度気を遣ったにもかかわらず、わたしの身体は快楽を貪欲に追い求めてすぐに熱を取り戻し、言葉にならない嬌声をあげてしまう。

快楽の先が見えてきたところで、セドリックはさらに抽送のスピードを上げると秘芽をクニクニと押しつぶした。

「あぁぁ………っっ！」

身体の奥に熱い飛沫《しぶき》を感じると、わたしもまた強烈な快楽に意識を手放し、深い眠りについたのだった。


カーテンの隙間から差し込む月の明かりで目を覚ましたわたしは、夢現《ゆめうつつ》のまま起きあがろうとして、隣で眠るセドリックに抱きしめられ動けないことに気付いた。

気持ちよさそうな寝息を聞きながら今日の出来事を思い出す。

セドリックとのすれ違いがなくなり、想いを通い合わせたわたしたちはそのまま……そこまで考えたところで身体が熱くなる。

お互いを激しく求め合い、そのまま気を失ったわたしはいつの間にか身を清められ、きちんと寝衣を着ている。それはつまり隣で眠るセドリックが世話をしてくれたということで……。

あまりの恥ずかしさに居た堪《たま》れない。しかも両親もいる実家で陽も高いうちから交わり合ったなんて一生の不覚である。

「んー、ソフィア……どうした？」

モゾモゾと身悶えているうちにセドリックを起こしてしまったようだ。普段とはまるで違う寝起きの隙だらけの声がまるで少年のようで、不覚にも母性本能がくすぐられてしまう。

「セドリックが身体を綺麗にしてくれたのね。ありがとう」

「〝愛する妻〟を綺麗にするのは夫の役目だろ？」

何の気なしに放たれた〝愛する妻〟というパワーワードに心が幸福感に包まれる。

背中から回されていた腕の中でくるりと回転し正面から向き合うと、セドリックの形の良い唇にチュッと軽く口付けた。

「……っ!! ソフィアからキスをしてくれるなんて初めてだな」

照れるセドリックというレアなものを見て、わたしが声を立てて笑うと、セドリックもまたつられるように笑った。

背中に手を回し厚い胸板に頬を擦り寄せ、セドリックの温もりを感じる。

「セドリック……わたしとても幸せよ。ありがとう」

「あぁ。これからはもっとソフィアを幸せにすると約束するよ」

月明かりだけが頼りの暗がりの中、わたしはやっと手にした幸せを噛みしめていた。

その後はアンベルに頼んで軽食を運んでもらい、寝台の上で食べさせ合いっこをした。

なんとも気恥ずかしい行為ではあるが、冗談を言いながら、笑い転げながら、そして時には甘い空気を醸し出しながら……それはまるで初夜のように初々しくて、どの場面を切り取っても二人の間には幸せが満ち溢れていた。

そして翌日、家族みんなでとる朝餐時に両親からなんとも言えない生ぬるい視線を受け、その気まずさから早々に王都のタウンハウスに戻ることを決めた。

アンベルはこれくらい当然です、と言っていたが、どう考えても過保護すぎるほどの心配と世話をセドリックに焼かれながら、二日の旅路を四日もかけて王都に戻ってきた。

タウンハウスに着いたセドリックが最初に行ったのはパトリシアさまと使っていた部屋の改装であった。優しい日差しと美しい庭園が望める、この屋敷で最も心地よい場所を子ども部屋に作り替えるというのだ。

「もしわたしのためなら、既に受け入れているから大丈夫よ。無理してなくさなくても良いわ」

嫉妬でもやせ我慢でもなく、本心からわたしはそう言った。忌避感なんてひとつもない。むしろ申し訳ない気持ちすらある。

「パトリシアは部屋を残すことなど望んでいないだろう。わたしが彼女の死を受け入れられなかったせいで手を付けられなかっただけなんだ。だがもう大丈夫だ。今まで不快な思いをさせて申し訳なかった」

そう言うセドリックの表情は晴れ晴れとしている。無理をしているわけではないらしい。

「いつか領地にあるお墓にあなたと一緒に行ってもいいかしら？　遅くなったけどパトリシアさまにご挨拶したいわ」

「もちろん構わない。ありがとう……」

馬車で数日かかるジュラバル侯爵領には今の状況ではすぐに行くことはできないだろう。だがいつか、どうしても墓前で伝えたい言葉があった。

『あなたが愛したセドリックをこれからはわたしが愛し、支えていきます。だからどうか天国から見守っていてください。いつかわたしがそちらの世界に行ったときにはたくさん話をしましょう』

エピローグ

月日は流れ、秋と冬のちょうど間。頬を掠める風は冷たいが、カラッとした快晴が広がる秋晴れの日に、わたしは無事に玉のような男の子を出産した。

柔らかい黒髪に透き通った優しげな新緑色の瞳。セドリックとわたしからひとつずつ色を受け継いだ愛しい我が子。親の贔屓目《ひいき》なく、セドリックによく似た、赤子でもわかるほど整った顔立ちの男の子の誕生に、屋敷中が喜びに包まれていた。

愛しくて愛しくてたまらない存在。ロシュデイと名付けられた男の子は乳をよく飲み、よく泣き、よく眠り、スクスクと成長していった。

孫の出産を機に爵位をセドリックに譲った義理の両親の喜びようは凄まじく、こんなに垂れ目だったろうか？　と思うほど目尻を下げ、日に日に優しい笑い皺が増えていった。

ジュラバル侯爵となったセドリックは、守るべきものが増えたせいか今まで以上に仕事に邁進《まいしん》し、宰相補佐室の室長にまで昇進した。王家の覚えもめでたいようで、まさに男盛りを迎えていた。

出産からまもなく半年が経とうとする頃。春の柔らかな日差しに誘われ、中庭の東屋《あずまや》でお茶を飲むわたしの横には、ふかふかのお布団が敷き詰められたゆりかごで午睡中のロシュデイがいる。

春の瑞々しい花々の香りのおかげなのか、いつもよりロシュデイの眠りは深そうでほっと息をついた。

ロシュデイからそっと顔を上げると、目の前に広がるのは以前からのホワイトガーデンの中に色鮮やかな花々がアクセントのように植えられた、新たに生まれ変わった庭園である。ともすればチグハグな印象になってしまいそうなところを、庭師渾身《こんしん》の技術とセンスによって絶妙なバランスが保たれたそれは、何度見てもため息が出るほどに美しい。

この庭園もあの部屋と同じように、セドリックの強い要望によって作り変えられた場所のひとつだが、変わったのはこれだけではない。

パトリシアさまとの過去に整理をつけたセドリックは、わたしとセドリックの寝室を同室にしたりと、次々と屋敷を作り変えていっている。そしてわたしが主体となって変えたところもある。

エントランスの中央階段を登った先にある左右に広がった踊り場、その右側の壁には、セドリック、ロシュデイ、わたしの三人の自画像を飾った。そしてその対となる左側の壁には、わたしとの結婚前に取り外されたセドリックとパトリシアさま二人の自画像を改めて飾ったのだ。

そこまでしなくても大丈夫だ、とセドリックには言われたが、わたしがこうしたいのだと言い張り、倉庫から自画像を引っ張り出してきた。

夫と前妻のツーショットを飾るなんて、悪趣味だと冷ややかな目を向ける者もいるだろう。けれども、二人が出会った十六歳から亡くなる二十六歳までの十年間は、紛れもなくセドリックにとってかけがえのない時間だった。

時間の経過と共に屋敷内に残るパトリシアさまの形跡は段々と薄くなってきており、それは今後さらに顕著になっていくだろう。その中で変わらないものがひとつくらいあってもいいと思うのだ。

「フィア、遅くなってすまない」

そんなことを考えながら、ぼんやり美しい庭園を眺めていると、後ろから優しい声色でわたしを呼ぶ愛しい夫の声が聞こえた。

「セディ、もうお仕事は終わったの？」

二人だけの特別な愛称。やっとこの呼ばれ方に慣れてきたと思っていたが、不意打ちはだめだ。胸がトクンと跳ねる。だがそんなことなんてお構いなしに、セドリックは座っているわたしを後ろからふわりと抱きしめると、振り返った拍子にチュッと口付けた。

「んもう！　周りに人がいるのに……」

「ん？　誰も見ていないが？」

アンベルはいそいそとお茶の用意を、アルベールはわざとらしく空を見上げている。それをいいことにセドリックはもう一度触れるだけの口付けを落とすと、悪戯っ子のような笑みを浮かべてわたしの隣に座った。

今日のセドリックは公休日だが、仕事が立て込んでいるらしく、朝から執務室で持ち帰った書類を処理していた。

「急ぎの仕事だけ終わらせたよ。せっかくの公休日にフィアとロシュと過ごせないなんてあり得ないからね」

「ふふっ、でも残念。ロシュはよく眠っていて起きそうにないわ」

「寝顔だけでも十分だ。それに今ならフィアを独り占めできるからな。それにしても今日もまるで神話に出てくる女神のように美しいな」

今着ているのはモスリンのシュミーズドレスだ。コルセットをつける必要もなく、締め付けのない楽な着心地は産後の救世主アイテムで最近のお気に入りだ。

「ありがとう。あっ、そうだわ、もうそろそろ夜会に復帰しようと思うのだけど……」

「もう……か？　もう少しゆっくりしてからでもいいんじゃないのか？」

「甘いわ、セディ。もたもたしていたら、すぐに居場所を失うのが社交界よ。友人たちもこれくらいの期間で復帰しているわ」

「それはそうだが……体調は大丈夫なのか？」

過去に区切りをつけたといっても、妻を病で失った絶望は簡単には拭い去れない。いや、一生ついて回るのだろう。

あの風邪をひいた日と変わらず、咳《せき》ひとつするだけでも、セドリックは過保護なほどに心配するのだ。だからわたしはいつまでも健康でいるために、そしてセドリックより一日でも長生きするために、体調管理に抜かりはない。

「もちろんよ。産後の肥立ちも良いってお医者様に言われたわ。だからどうか安心して」

いわ」

「じゃあどうしてそんな顔をしているの？　なにか言いたいことがあるなら隠さないで言ってほしいわ」

「あぁ」

不服そうな、というよりはなんだかバツの悪そうな表情をしているセドリックを、下から覗き込むようにして問いかけると、ふいっと目を逸らされてしまった。

「……フィアの選ぶドレスに口出しするような野暮《やぼ》な真似はしたくないのだが……どうか胸元が隠れるデザインにしてくれたら嬉しい」

最後の方は消え入りそうな声で、耳をそばだてないと聞こえないほどの小声だった。耳の端を薄く赤く染めながら、あまりに可愛らしい嫉妬心を見せられ、つい微笑みが零れてしまう。確かに産後に少々大きくなった胸は主張が過ぎるかもしれない。

「ふふっ、わかったわ。それじゃあ新しくドレスを仕立てなきゃね。ねぇセディ？　もし良かったら一緒にドレスを選んでくれない？」

◇　◇　◇

それから二カ月が過ぎ、季節はもう夏を迎えようとしていた。侯爵家が懇意にしているドレス工房ならば一カ月もあれば完成するドレスが、これほどまでに時間がかかってしまったのは、紛れもなくセドリックの拘りのせいに他ならない。それに加え、宝飾品までもドレスに合わせて新調する徹底ぶりだ。

　出席を予定していた夜会には間に合わず、結局わたしの復帰戦は王宮で開かれる建国記念日を祝う舞踏会になってしまった。

「産後八カ月でここまで体型を戻されるなんて、さすがは奥さまです！」

「ええ、本当に！　ウエストはすっかり元通り引き締まっているのに、お胸はさらに魅力的になられて、旦那さまの反応が楽しみですね！」

　以前は背伸びして着ていた大人っぽいドレスも、今ではしっくり似合うようになったのだな、と姿見に映る自分を見つめる。

　首元からデコルテ、そして肘下までを精緻なレースが包む美しいハイネックのドレスは上品な半面、背中側は大きく開いており大胆さも併せ持っている。

　群青色のドレスはともすれば夏のパーティーでは重たく見えそうなものだが、スカート部分はホースヘアーの動きのある立体感のある特徴的なAラインで、軽やかな印象を与える。

　おそらく会場では夏らしい爽やかなカラーのドレスを身に纏った女性が多いだろうから、この群青色なら埋没しないで済むだろう。社交界では悪目立ちしても良くないし、地味すぎても良くない。良い意味で印象に残るドレスに仕上がって、満足感から口角も自然と上がる。

「フィア、準備はできたかい？　部屋に入ってもいいだろうか？」

「どうぞ。ちょうど終わったところよ」

ガチャリとアルベールが扉を開けると、それはそれは美々しい夫が和やかな笑みを携えて現れた。毎日、朝も晩も顔を合わせているはずなのに、正装に身を包んだセドリックにわたしの視線は釘付けとなる。

ジャケットは黒。シャツ、ベスト、タイは白というシンプルな取り合わせ故に、手首で輝くエメラルドのカフリンクスが一際目立って見える。そう、結婚二周年に贈ったあのカフリンクスだ。

艶やかな黒髪は後ろに綺麗に撫でつけられ、綺麗な額や深く澄んだ青色の瞳がよく見えると、元来の恵まれた容貌の良さが顕著になる。

放心したように目の前に立つセドリックに見惚れていると、先に声をかけたのはセドリックの方だった。

「はぁ……なんて我が妻は美しいんだろう。他の男たちに見せたくないな。いっそ参加を取り止めてしまおうか？」

「セディ、それは褒めすぎだし、王家主催の舞踏会をキャンセルする貴族なんて聞いたことないわ」

「フィアは自分の美しさをわかっていない」

「それはセディの方よ。格好良すぎて心配になっちゃう」

「……っ!!」

セドリックはパッと破顔すると、嬉しそうに目を細めて笑った。誰がどう見ても美丈夫なのに、もしかして自分の見目の良さに気付いていなかったのだろうか？

「三十過ぎの男なんて誰にも興味持たれないよ。そもそもわたしは目も心もフィアに奪われているというのに」

そう言うとペンだこのできた指がすうっとレースで覆われた肩をなぞった。その仕草がなんだか妙に色っぽい。指の感触が肌に残り、触れられた場所からゾクゾクとしたものが全身を駆ける。

「さ、さぁ、もう行きましょう！　遅れちゃうわ」

「あぁ。フィア、さぁお手をどうぞ」

ちょっと肌をなぞられただけで、房事を想像してしまったなんてことを悟られまいと平静を装いたかったのに、声は上擦ってしまうし、頬はやけに熱い。きっとセドリックにはわたしの淫らな心の内など簡単にバレてしまったことだろう。

クスリと笑いながら差し伸べられた手にそっと手を重ねると、耳元でわたしにしか聞こえないくらいの声量で「続きは夜に」と囁かれる。

無意識に色気を垂れ流す夫に敵《かな》うわけもなく、わたしは頬を紅潮させながらコクコクと頷くだけしかできない。

そのまま手を引かれ馬車までエスコートされる。

屋敷から十五分も馬車を走らせれば王宮に着いた。

馬車が停まった王宮前広場の中央には建国の父である初代国王の騎馬像が堂々とそびえ立ってい

る。荘厳な王宮の乳白色の外壁はトーチの灯りを受けてオレンジ色に染まり、その外壁に沿って身動きひとつしない騎士たちはまるで銅像のようだ。

王宮は三つの建物で構成されていて、真ん中の一際豪華な建物が王族の居住棟だ。その左側にはセドリックが普段働いている政務棟が、反対の右側には今夜の舞踏会が開かれる大広間や、貴賓用の客室などがある棟になっており、それぞれ居住棟とは渡り廊下で繋がる造りになっている。

絢爛豪華な王宮は何度訪れても息を呑むほどの美しさで、この国の平和と繁栄を裏付けているようだ。

初めて兄に連れられ王宮舞踏会を訪れたときは、あまりの別世界ぶりにキョロキョロとおのぼりさんぶりを見事に発揮し、「恥ずかしすぎる。首ごと動かすな、目だけ動かせ」と怒られたものだ。

セドリックはここが勤め先のせいか、この煌びやかな空間を目の前にしても至って普通であるが、わたしにとっては年に一回来れるかどうかの場所であり、今日もまた兄の教え通り、目だけを器用に動かしていた。

――あれは王妃さまお気に入りの彫刻家の作品かしら？　目に宝石が埋め込まれているから、きっとそうよね。なんて端整で美しいのかしら……。

――あっあの壺《つぼ》は異国の陶磁器だわ。すごい！　あぁ、もっと近くで見られたらいいのに！

心の中で饒舌《じょうぜつ》にひとりごとを繰り広げていると、すぐ近くから「くくっ……」と笑い声が聞こえてくる。

「セディ？　なにがそんなにおかしいの？」

「あまりにフィアが可愛いからだよ。目をそんなにキラキラさせて」

「だって素晴らしい作品ばかりですもの」

「そうだな、王妃さまは芸術に造詣が深く、選ばれる調度品もみなセンスがいい。ここに飾られているものは全て王妃さまが選んだ品々だ。今夜は無理だが、今度王宮においで。ここに飾られている作品以外も案内しよう」

「えっ？　そんなことできるの？」

「ははっ、わたしもそれなりの立場にいるんだけどな。それくらいなんてことない」

見事なエントランスホールを抜けると大広間に続く回廊に出た。そこは無数の煌びやかなシャンデリアが等間隔に並び、その壁面には建国記を描いた絵画が何枚も飾られている。きっとその中にはエウクラス神話を描いた一枚もあることだろう。

大広間の前まで来ると中からはオーケストラの奏でる音楽と、人々の熱気と喧騒《けんそう》が伝わってくる。

舞踏会は爵位の低い者から順に名前を読み上げられ大広間に入っていく。つまり中には公爵家以外の貴族たちが既に待ち構えているということだ。わたしは扉の前にセドリックと並んで立つと、大きくひとつ深呼吸をした。

仲間内の茶会などは催していたが、夜会となると二年近く遠ざかっていたことになる。柄にもなく緊張していたわたしは知らぬ間にセドリックの腕に回した手に力が入っていたらしい。「大丈夫、わたしがついている」とセドリックに微笑まれただけで、途端に本当に大丈夫な気がしてくるから不思議なものだ。

すっと肩の力が抜けたわたしは背筋を目一杯伸ばした。

「ジュラバル侯爵、ジュラバル侯爵夫人のご入場です」

名前を呼ばれ会場に足を踏み入れると、その瞬間、会場内にいた人々の視線が一気にこちらに向けられた。

「ソフィアさま！　お久しぶりです」

「ジュラバル侯爵夫人、後ほどダンスのお相手をお願いできますかな？」

学園で一緒だった同級生たちや、高位貴族の当主たち。幅広い層に囲まれるだけでなく、遠目からこちらを見つめてくる会ったこともない年若い令嬢たちの熱視線。

何が何だかわからぬままひと通り挨拶を交わし一息ついたところで、目の前に現れたのはヴァンサンだった。

「よぉ、久しぶりだな」

あの日、ローゼン伯爵家で別れて以来の再会に若干の気まずさを感じるが、ヴァンサンはそんなことを気にしている様子はない。

「出産おめでとう。元気そうだな」

「お祝いたくさん贈ってくれてありがとう。あれは外国のものかしら？　ロシュもとても気に入っているわ」

ヴァンサンは出産後すぐに、この国では見たことのない珍しい品物をたくさん贈ってくれていたのだ。

「あんなもんでよければまたいくらでも贈ってやるよ」

そうニカッと笑ったヴァンサンの瞳には以前宿っていたような焦がれるような熱を感じない。そしてすっと身体の向きをセドリックに向けたヴァンサンの顔つきは、いつの間にか真面目なものになっていた。

「ジュラバル侯爵、奥方……〝ジュラバル侯爵夫人〟を一曲ダンスに誘ってもよいでしょうか？」

「あぁ。もちろんだ」

久々にヴァンサンと踊るダンスは、もう昔みたいな無茶なリードはされなかった。最後まで紳士的な態度を貫き、宣言通り一曲でセドリックの元に戻される。

「……幸せそうで良かった。またな」

そう言って去っていくヴァンサンの顔に一瞬切なげな表情が浮かんだように見えたが気のせいかもしれない。だがもし気のせいじゃなかったとしても、わたしにはどうすることもできない。

これからもヴァンサンの手を取ることはない。そんなわたしが同情じみた優しさなど見せるべきではない。

幼馴染としての適正な距離感を、身をもって示してくれたヴァンサンのように、わたしもまた適正な距離感を保つべきだろう。遠くから彼の幸福を祈ること、それが今できる唯一のことだと思う。

立ち去るヴァンサンの後ろ姿を見つめていると、すれ違うようにやってきた近衛騎士がこちらに近づき、セドリックの耳元で何か話しかけている。

「すまない。王太子殿下が急ぎの用件でお呼びのようだ。しばらくの間一人にさせてしまうけど大丈夫かな？」

苦悶の表情を浮かべ、まるで今生の別れかのように離れがたそうにしているセドリックは「一人にしてごめん」「邪な男とは決して踊らないように」と何度も念を押してくる。

過保護が過ぎるセドリックを「大丈夫だから」と苦笑いで制し、早く殿下のもとへ行くように背中を押すと渋々といった体で近衛騎士に連れられていく。

「噂以上の溺愛ぶりですね」

そう言いながら友好的な笑みを浮かべ近づいてきたのはエマだ。

「ソフィアさま、相変わらず物凄《ものすご》い人気ですね。なかなか近づけませんでしたわ」

男爵家の令嬢であるエマは、わたしが高位貴族たちとの交流が終わるのを待って話しかけてきたようだ。

「ふふっ。忘れられた存在になってはいないかと心配していたんですが、大丈夫なようで安心しましたわ」

「まさか！　今最も注目されているのはソフィアさまですよ！　みんな舞踏会に来られるのを楽し

みにされていたと思います」

「えっ？」

しばらく表舞台に顔を出していないというのに、〝最も注目されている〟とはどういうことだろう？　わたしの知らないところで自分の知らない噂がされていることに一抹の不安がよぎる。

「ご安心ください。悪いお話ではありませんわ。むしろその逆ですよ」

不安が表情に表れてしまっていたのだろう。エマは不安を取り去るような優しい笑みを浮かべる。

「ひとつは以前の茶会でソフィアさまが提案してくださったワインが無事商品化されて高い評価を得ています。さすがの着眼点だともっぱらの評判なんですよ」

妊娠中に催した茶会で、低アルコールワインやノンアルコールのワイン風飲料があればいいわね、と話の流れで言ったのは覚えているが、まさかそれが商品化されるなんて思ってもみなかった。

女性が多く集まるガーデンパーティーには濃厚な酒よりも軽い飲み口のものがあればいい。妊娠中にお酒を嗜《たしな》む代わりになるものがあると嬉しい。そんな単純な気持ちで何気なく言った言葉。それを商品化したのはエマであるのに、わたしの評価に繋がるなんて気が咎めてしまう。

「そんなお顔をなさらないで。わたしはそんな発想力を持ち合わせていませんもの。アイデア料をお支払いしないといけないくらいだわ」

「そういうものかしら？　ならいいのだけど……」

「それに注目されるのはもうひとつの理由の方が大きいかもしれませんわ」

「もうひとつの理由？」

ふふっとエマは少女っぽく悪戯めいた笑顔を浮かべる。

「建国記の『紡ぎの乙女』ってご存じですか？」

もちろん知っている。セドリックとパトリシアさまが例えられた『エウクラス神話』と同じように『紡ぎの乙女』は建国記の一節に描かれている。先ほどの回廊に飾られたたくさんの絵画の中にもそのシーンを描いたものがあった。

たしか縁結びの女神で、年頃の令嬢たちは、一度は自分の恋路を『紡ぎの乙女』に祈るものだ。わたしはそういったものに疎かったせいか生憎《あいにく》その経験はなかったが。

「もちろん知っているけど……それがどうしたのかしら？」

「ふふっ。まだわかりませんか？　ソフィアさまは『紡ぎの乙女』だと言われているんですよ！」

あまりに突拍子のない話に頭がついていかない。

どうしてわたしがそんな二つ名を持っているのだろうか。

「そのお顔はご自覚がないんですね。ふふっ、ソフィアさまらしい。だって、ソフィアさまはこれまでたくさんの人々の縁を紡いでこられたじゃありませんか。そしてついにご自身の縁まで紡がれた」

「わたし自身の縁？」

「セドリックさまとのご縁ですよ。『紡ぎの乙女』は運命をも紡いだと、若いご令嬢方の羨望の的です」

入場したときから注がれていた年若い令嬢たちの熱い眼差しはそのためだったのかと、ようやく腑に落ちる。

運命の二人を引き裂く悪女から、運命を紡ぐ乙女というあまりの振り幅の大きさに戸惑いが隠せない。

「運命だなんて……セドリックの運命の女性はパトリシアさまだわ……」

「運命の相手が一人だなんて誰が決めたのですか？」

「えっ？」

「それに運命は男女間だけの話ではありませんわ。わたくし自身、ソフィアさまと出会えたことは運命だと信じています」

運命の相手は一人じゃない？

わたしもセドリックの運命の相手になれるの？

これまで考えもしなかったエマの発言に呆気に取られてしまう。

わたしにとってセドリックは間違いなく運命の人だ。人を愛するという気持ちを教えてくれた人。誰よりも幸せにしたいと願った人。

もし同じような気持ちをセドリックも抱いてくれているとしたら、なんて幸せなことだろう。

「それにしても……今日のご衣装はまたすごいですね」

「えっ？　何かおかしなところがあるかしら？」

社交界からは遠ざかっていたが、ドレス工房と綿密に打ち合わせたからトレンドは外していないはずだし、マナー違反な着こなしをしているのかとも疑ったが、侯爵家の一流の侍女たちがそんなミスを犯すとも信じがたい。

「まさか！　ドレスもジュエリーも全て素晴らしいですし、とってもお似合いになられています！」

「…………!?」

「お色ですよ！　ドレスと髪飾りのお色、侯爵さまの執着が透けて見えます……いや、透けているというよりモロ見え……あぁ！　これは他の男性へのアピールですわね。わたしのものだぞ、手を出すなよ、という強い意思を感じますもの」

「えっ！　そんな意味が隠されているの？」

わたしだって無知じゃない。想い合う男女間で自分の色を贈り合うのは知っているし、実際、あのエメラルドのカフリンクスだって、わたしの色を身に纏ってほしいという思いから選んだ品だ。だけど、それがそういうアピールに使われることもあるなんて知らなかった。少し前に人を愛することを知ったばかりのわたしは、まだまだそういった分野は初心者で疎い。

確かにセドリックと共にドレスを選んだつもりだが、思い返せばこの色を強く推したのはセドリックだった。

そして低めの位置にまとめた髪の上に輝く、花をモチーフにしたバックカチューシャは、「どうかわたしに贈らせてほしい」とセドリックに請われ、プレゼントされたものだ。

花の中央にブラックダイヤ、花びら部分にはホワイトダイヤが贅沢にあしらわれたものがいくつも並んだそれは、可愛らしさと大人っぽさが融合した、わたしの好みの真ん中を突いてくる一品だった。

セドリックの瞳と髪の色、その両方の色を贈られるということ。その意味をやっと正しく理解したわたしは、喜びで身体中が満たされる。もしかしたらセドリックは想像している以上に、わたしのことを愛してくれているのかもしれない……。

「フィア」

多分に甘さを含んだ低音の声が後ろから聞こえ、振り返るや否や、セドリックの腕が腰に強く回された。

「やけに楽しそうじゃないか。愛しい我が妻はわたしがいなくても平気らしい。わたしは少し離れただけでもこんなに寂しいというのに」

そう言いながらさらに腰に回した腕の力が増し、横並びであったはずがいつの間にか密着して向かい合う体勢になっている。もはや抱きしめられているようにしか見えない。

後方でキャアッと黄色い声があがる。若い令嬢のはしゃぐ声は周りの注目を集め、必然的にわたしたちにみんなの視線が向けられる。

「ほほほ……わたしはこれで失礼いたしますわね」

ヒラヒラと手を振り、ニヤニヤと口元を緩めながら、エマは足早に立ち去っていってしまった。

「セ、セディ！　みんなが見ているわ。離れて！」

「どうして？　見せつけてやればいいだろう？」

そう言うとセドリックは額にチュッと口付けてくる。わたしの首は一瞬で真っ赤に染まり、恥ずかしさのあまり周りの歓声なんてもはや耳に入らない。

「いつまでも初々しい反応を見せる我が妻はなんて可愛らしいのだろう」

このまま放っておけば、今度は唇に口付けてきそうな勢いだ。さすがにこんなことに不慣れなわたしにとって、多くの観衆の前で口付けるなんてあまりにもハードルが高すぎる。

両手でセドリックの胸を押して、安全な距離を取ろうとしたとき、その手をくいっと取られてしまった。

「今夜はフィアと踊りたい。その許可をいただけないだろうか？」

婚約してからもうすぐ四年が経とうとしている。

これまで、社交界でうまく立ち回るためとか、パトリシアさまと比較されて惨めな気持ちになりたくないからとか、何かと理由をつけて断ってきた。

だけど。もうそんなちっぽけなプライドなどどうでもいいくらいに、わたしはセドリックと踊りたかった。冷ややかな視線を向けられても構わない。パトリシアさまと比べたら見劣りするのはわかっている。それでもこの気持ちを優先させたかった。

「ええ、もちろんよ。喜んで！」

わたしはとびっきりの笑顔でセドリックの手を取った。その瞬間、セドリックもまたとびっきりの笑顔に変わる。

ダンスホールの中心へ向かうわたしたちに、周りは動きを止め、視線を注ぐ。きっとその視線には憧憬、嫉妬、嫌悪、好奇心、といったさまざまな感情が満ちているだろう。

だが、今だけは周りの視線なんて気にしない。

真っ直ぐにセドリックの瞳だけを見つめ、セドリックのことだけを想い、踊りたい。

音楽が流れると自然に身体が動き出す。セドリックのリードがうまいのも間違いないが、それ以上に阿吽《あうん》の呼吸というか、波長が合うというか、とにかく楽しくて仕方ない。

「セディ、わたしこんなにダンスが楽しいって思ったのは初めてだわ」

「そう言ってもらえて光栄だよ。わたしもとても楽しいよ。もう一曲付き合ってくれるかい？」

「もちろんっ！」

夢中で二曲も踊るとさすがに息もあがってくる。もっと踊りたい気持ちはあるのに、まだ体力が戻りきっていないのが悔しい。

「はぁ……まだ踊りたいのに足がフラフラだわ」

「ははっ。無理はしないでいい。わたしたちにはこれから何度だって踊る機会があるんだから。そうだろう？」

「えぇ、その通りね。何度だってね」

そう、これから何度だってあるのだ。わたしたちの関係はまだ始まったばかりだ。

ダンスホールから下がろうとセドリックの腕に手を回し、見上げると、セドリックもまたわたしを真っ直ぐに見つめていた。わたしを映すその瞳は、まるで愛しいと言わんばかりに、柔らかく細められている。

なんて愛しいのだろう。なんて幸せなのだろう。溢れ出す想いが、胸を温かく満たしていく。

もし本当にわたしが運命を紡いだというのなら……。

この糸がいつか解けてしまわないように、切れてしまわないように、これからもずっと糸を紡ぎ続けていきたい。そして今よりもっと強固な糸にしていくのだ。

そう決意したわたしを、まだ幼さが残る一人の令嬢がじっと見つめていることに気付いた。彼女の瞳はキラキラと輝き、ふいに十六歳のときの自分の姿と重なった。

あなたにも運命の人が見つかりますように……。わたしは見ず知らずの女の子の運命を、そっと祈ったのだった。

妻の企み

Tsuma no takurami

紙書籍限定
書き下ろし
ショートストーリー

ある春の昼下がり。わたしはジュラバル侯爵家のタウンハウスで出産後初めての茶会を開いていた。茶会といっても招待するのは学園時代の同級生たちで、気の置けない友人ばかり。今日は特別な事情があってこのメンバーに来てもらったのだ。

「ソフィアさま、お久しぶりでございます」

「ご子息さまも大変お可愛らしいですね！　まるで天使が舞い降りたかのようです」

「本当に将来が楽しみですわ。あらあら、笑っているわ！　なんて愛らしいのかしら」

生まれて五カ月が経ち、目がはっきり見えるようになってきたロシュデイは、代わる代わるやってくる美しい淑女たちと目線を合わせてはキャッキャッと笑顔を振りまいている。

このまま将来プレイボーイにならないか一抹の不安を覚えるが、この社交性の高さは誰に似たのか考えると何とも言えない気分になる。セドリックの生真面目さも受け継いでいることを期待するしかない。

こうして同級生だけで集まる機会というのは、そうそうあることではなく、友人たちはまるで学園時代に戻ったかのようにさまざまな話題を次から次へと展開させ、笑い声は絶えることがない。

女性たちの四方山話《よもやまばなし》に興味がないのは赤子といえど男子ゆえか、ウトウトしてきたロシュデイを乳母に預けると、コサール伯爵夫人になったベルタが少し身体を前のめりにし、ヒソヒソと、けれど楽しそうにも見える表情で話し出した。

「ソフィアさま？　それで……この度の招集の目的を教えてくださるかしら？　……なんとなくこ

のメンバーを見れば察しがつきますけれど」

口元を扇子で隠しているが、確実にニヤリと口角を上げているベルタは、このメンバーの中でもお姉さん的存在だ。

「さすがベルタさま。全てお見通しですわね」

「ふふっ、何を話しても恥ずかしがるような間柄でもありません。わたくしも何でもお答えいたしますわ」

学園時代のシーズンオフに夜通し語り合った友人たち。わたしが嫁ぐ前に閨指南をしてくれたのもこの友人たちだった。

「では単刀直入に伺いますわね……コホンッ。みなさんは出産後、夫婦の営みはどのように再開されたのかしら？」

実は出産後、セドリックとはまだ一度も身体を交えていない。毎日同じ寝台で共に眠ってはいるが、優しく抱きしめられながら眠るだけで、そういった色事が起きる気配もないのだ。

「わたしの結婚前に集まったときに、『出産すると妻が女に見えなくなる』って話題になったと思うんだけど、その場合はどうすればいいのかしら？　もう諦めるしかないのかしら……けれど、みなさん二人目、三人目を産んでいらっしゃるのは、その……そういうことをやっているということよね？」

恥ずかしがる必要もない間柄とはいえ、こういった話をわたしから切り出すことなんて初めてで、段々と声は小さくなり、最後の方は消え入りそうな声になってしまう。

「ふふっ。ソフィアさまは昔からこういった話題は苦手でいらっしゃいますね」

「普段は豪胆な一面もお持ちなのに、そのギャップは狡《ずる》いですわ」

真面目に悩んでいるというのに、友人たちに本気で取り合ってもらえない。むしろ微笑ましそうにわたしを見つめる姿は、想像していた反応とまるで違う。

「大真面目に相談しているのにひどいわ」

「申し訳ありません。でもソフィアさまのご心配は杞憂《きゆう》に終わると思いますよ」

「えっ？」

「だって、ジュラバル侯爵さま、王城でソフィアさまのことベタ褒めなさっているって主人が申しておりましたよ」

「わたしもその噂聞きましたわ。それにソフィアさまが昼食にと作られたサンドウィッチを自慢しているとか」

なんていうことだろう。あの不格好なサンドウィッチを見せて回っているだなんて。

忙しいと食事を抜く癖のあるセドリックが心配で、サンドウィッチならば働きながらでも食べてくれるだろうと、疲れた顔をしている日の翌日などは、手作りのサンドウィッチを持たせるようにしていたのだ。

妊娠を告げに行こうとしたあの夜に初めて作ったものと比べると、見た目は随分とマシになってきたが、それでもシェフの作ったものに比べれば全然だ。それをまさか周りに見せるなんて思いもよらなかった。今晩セドリックが帰ってきたら、恥ずかしいのでやめてほしいと伝えなければ。

「ソフィアさまの恥ずかしがるお気持ちはよくわかりますが、まぁいいではありませんか。それで……閨事情ですけど、ソフィアさまのおっしゃる通り、出産後の妻を女性として見られなくなる男性も実際おりますが、侯爵さまはその類の男性ではないと思います」

「そうかしら？」

「えぇ。男性とは想像よりもデリケートな生き物です。妻の体調を心配して、とか、拒絶されたらどうしよう、とか案外可愛らしい理由だったりするものですよ」

なるほど、わたしの体調を何よりも気遣う心配性のセドリックならば、それもあり得る話だ。

「そうなのね。だけどわたしだって、ただ待っているわけじゃないわ。それとなく男性が好むような香りを身に纏ったり、いつもと違うネグリジェに変えてみたりはしたのよ」

「なんていじらしい！　もちろんそれもひとつの手ですが、侯爵さまの自制心はなかなか手強そうですね。ふふっ、ならばもう答えはひとつしかありません。ソフィアさまから誘うのです！」

「えっ！　わたしからだなんて、そんな……」

この国の貴族の常識として、女性から求めるなんてはしたないことだとされている。妻は貞淑であらねばならないと幼い頃から教えられてきたのに、その価値観を真っ向から否定するとは。

「ソフィアさま、固定観念にとらわれるのは今の時代もったいないですよ。貞節を守ることは当然ですが、夫に対しては時に大胆になることも必要です！」

「そういうものなの？」

「もちろんです！　ソフィアさまの抱えるお悩みは、ここに集まった者たちの多くが経験してきたことです。そして皆、いろいろと試行錯誤してきたはずです」

そう言われ友人たちの顔を見てみると、皆、微笑みながら訳知り顔でわたしを見て頷いている。

おずおずと「教えてくださる？」と問えば、待っていましたとばかりに次々に指導してくれた。

「わたくしの経験から言いますと……」

「わたくしの主人が喜ぶのは……」

「とある筋から聞いた情報ではですね……」

友人たちの話は驚きの連続だった。皆、より良い夫婦関係を築くためにこんなにも努力をしていたとは。貞淑さももちろん大事だが、わたしはそれを言い訳にしてはいなかっただろうか。

夫婦の営みは二人でするものなのに、これまであまりにも受け身であったと深く反省する。そして友人たちの教えを余すことなく学び取り、善は急げとばかりに早速今夜からそのありがたい教えを実践しようと心に決めたのだった。

◇　◇　◇

今夜のミッションは二つだ。ひとつ目は夕食のときにさりげなく話題に出すことにした。

「セディ。あの手作りのサンドウィッチなんだけど、今日の茶会であなたが他の人に見せているって聞いたんだけど」

「あぁ、愛する妻お手製のサンドウィッチだからね。つい自慢したくなるんだ」

そう言ってセドリックはキラキラと極上の笑顔を向けてくる。

「フィアの作るサンドウィッチには不思議な力があってね、なんというかやる気が漲《みなぎ》ってきて、仕事が捗るんだ」

「そ、そうなのね」

「同僚たちに話したら羨ましがられてね。宰相補佐室ではサンドウィッチを妻に作ってもらうのが流行っているぞ」

そう言うと、さらにキラキラと眩しい笑顔を向けてくる。こんな嬉しそうな笑顔を見せられて、

「他の人に見せないで」なんて言えない。言えるわけない。

愛しい夫の表情を曇らせたいわけではないのだ。気付けば「また作るわね」と勝手に口が動いてしまっていた。

他の同僚たちも手作りサンドウィッチを作ってもらっているのなら大丈夫だろう、と何が大丈夫かはよくわからないが無理矢理自分を納得させ、二つ目のミッションに全力を注ごうと決意を固くした。

それから数刻が過ぎ、いつものように湯浴みを先に終えたわたしは寝台でセドリックが来るのを待ちながら、友人たちが教えてくれたやり方を頭の中で何度もシミュレーションしていた。緊張のせいか心臓の鼓動が耳にまで響いてくる。

「フィア、待たせたね」

そう言いながらセドリックはいつも通り無自覚な色気を垂れ流しながら寝室に入ってきた。

初夏の夜にしては蒸し暑い今夜。暑さのせいか、無防備にはだけさせたバスローブから覗く程よい筋肉がついた胸元に滴る水滴から目が離せない。

「ねぇ、セディ。最近疲れていない？　いい香りのオイルをいただいたから、今夜はわたしがマッサージするわね」

ちょっと早口になってしまったが、予定通りのセリフを言えたことにホッとする。

「心配してくれてありがとう。だが大丈夫だ。それよりフィアの方がロシュのお世話で疲れているだろう？　わたしがしよう」

この返答も予想した通り。セドリックならこう言うと思っていた。

「ふふっ。たまにはわたしにも甘えてちょうだいな。ねっ？　さぁ、ベッドにうつ伏せになって」

有無を言わさず笑顔で押し切る。寝台横に立つセドリックの手を引っ張り、半ば強引にうつ伏せ状態にもっていく。

「ははっ。じゃあ今夜は愛する妻に甘えさせてもらおうか」

これから始まることに何ら疑いを持たないセドリックは朗らかに笑っている。さて、ここからが本番だ。わたしはバレないように一度大きく息を吐いた。

「じゃあ足元から順番にやっていくわね」

バスローブを捲《まく》り上げ、手にたっぷりのオイルを垂らすと足裏から足首、ふくらはぎまでゆっくりと指圧する。これまで幾度となく身体を重ねてきたが、ふくらはぎを撫で回すなんて初めてだ。そのしなやかな筋肉の弾力を堪能しながらゆっくりと手を前後に動かし続ける。

「あぁ、気持ちがいいな。フィアはマッサージの才能まであるんだな」

「ほんと？　それは良かったわ。とても凝っているみたいだし、太もものマッサージもしたいわ。オイルがつきそうだからバスローブも脱いでもらっていい？」

まだ普通のマッサージだと思っているセドリックは、一度起き上がりバスローブを脱ぐと、「本格的だな」と笑いながらもう一度素直にうつ伏せになった。

露わになった逞しい背中はシミひとつなく滑らかで、わたしは頬擦りしたい気持ちをぐっと抑え込むと追加のオイルを手に垂らした。そして膝裏からお尻の下まで両手を使って包み込むように滑らせていく。

「やっぱりすごく凝っているわね。しっかりマッサージしなくちゃ」

膝裏からゆっくり手を這わせ、太ももの付け根あたりでお尻に沿ってグイッと力を入れて親指を横にずらす。それを外腿から内腿まで丁寧に何度も繰り返すと、セドリックから「んっ……」と小さな声が漏れた。そろそろ次のステップかしら。

「次は背中ね」

そう言うと下穿きをはいたままのセドリックの小さく引き締まったお尻に跨がった。ちなみに今日のわたしの寝衣は膝上のネグリジェで大きくスリットが入っているので容易に脚を広げることが可能だ。

「んっ……すごく固いわ。力を入れるけど、痛かったら言ってね」

オイルを追加し腰から首まで筋に沿って手を滑らせたり、肩甲骨にクイックイッと力をこめ凝りをほぐしていく。力不足を補うように全身を使ってマッサージを施せば、その動きに合わせてセドリックのお尻には下着越しではあるが、わたしの秘部が擦り付けられた。

セドリックをその気にさせる作戦であるのに、気付けばわたしの秘部はしとどに蜜を垂らし、下着をじっとりと濡《ぬ》らしていた。はしたないことをしているという意識が、さらに自分を淫らな気分にさせていく。背中から垂れたオイルを使って内太腿をヌルヌルと前後させて横腹をさすれば、セドリックから「くっ……」と小さな掠《かす》れ声があがった。

「……じゃあ、次は仰向《あおむ》けになってくれるかしら？」

「いや……今日はこれで十分だ……ありがとう」

「だめ。こんなに身体は疲れているのよ。さぁ、早く仰向けになって」

仰向けになることをセドリックは頑なに固辞するが、わたしもここで引き下がることはできない。

今夜最後までミッションを遂行しなければ、次の機会はもう訪れないような気がする。ごめんなさい、と思いながらも力ずくでセドリックを仰向けに向けると、下穿きの中心は既に隆々と盛り上がっていた。

「す、すまない。見苦しいものを……」

両手で顔を押さえるセドリックの表情はわからないが、手で覆いきれていない耳は真っ赤になっている。

友人からは、仰向けにしたあと鼠径部《そけいぶ》をマッサージすれば性器が勃ち上がるはずだから、それを慰めるようにと教えてもらっていたが、既に勃ち上がっている場合はその工程は省略してもよいのだろうか？

そもそもセドリックが自分の性器を「見苦しいもの」と表現したことが解せない。わたしはその言葉を否定するように、盛り上がった下穿きの先端に慈しむように口付けを落とした。

「フィア……」

目を覆っていた手をはずしたセドリックは、驚きの表情でわたしを見ている。

わたしは何も言わずに小さく微笑んでみせると、下穿きをそっとずらした。浮き立つ血管や張り出した雁首《かりくび》は凶暴にも見えるが、わたしにとっては愛おしい存在でしかない。露わになった愛しいセドリックの分身に、何度も何度も角度を変えながら口付ける。ドクドクと熱く脈打つ分身は、口付ける度にビクッと震え、先端の割れ目からはツプリと透明の液体が溢れてくる。それを優しく舌で絡め取ると、ほろ苦い味が口の中に広がった。

「……くはっ……」

セドリックのなまめかしい声にゾクゾクとした悦《よろこ》びを感じたわたしはさらに大きく舌を出すと、付け根から先端に向かってベロリと舐め上げる。裏側を舐め上げると荒い息遣いが聞こえてきたので、そこを丹念に何度も愛撫する。

「はぁ、はぁ……フィア……どこでそんなことを覚えてきたんだ？」

顔を上気させ、潤んだ瞳で見つめるセドリックの色香にあてられたわたしは、自分がまるで娼婦にでもなったような、ひどく淫らな気分になっていた。

セドリックの質問にはこたえず、大きく口を開くとわたしの唾液でヌラヌラと光る剛直を一気に咥え込んだ。

ただ、友人たちには剛直を深く咥えたら頭を上下に動かすと言われたが、どう頑張っても物理的に先端しか口に収まらない。何が正解かわからないが、ただ愛おしむように必死に口に含みながら舌で舐めまわす。口に咥えられない部分は手で包み込むとサワサワと撫であげた。

「んんっ……待ってくれ、それ以上はだめだ……くっ、だめだフィア、口を離せ！」

その瞬間、剛直がビクンビクンと震えたかと思うと、口の中いっぱいに熱い白濁が大量に注ぎ込まれた。受け止めきれなかった白濁が口角から伝い落ちる。

「……っ！　フィア……吐き出すんだ」

口の前に手を差し出されるが、わたしはそれを無視してゴクリと飲み込む。ドロリと粘り気のあるそれは決して美味しいものではないが、少しも嫌ではなかった。

セドリックは慌ててベッドサイドに置かれた水差しからグラスに水を注ぐと、わたしの前に差し出した。そして口から溢れた白濁をシーツで拭うと、手渡した水を飲むわたしを申し訳なさそうに見つめた。

「すまない……暴発してしまった」

「わたしがしたくてやったことよ……あっ！」

淫らな気分が高まり、つい調子に乗って子種を出させてしまった。失敗だ。予定では寸止めで焦らして、わたしを求めてもらうはずだったのだ。

「ん？　どうした？」

「……いえ、気にしないで。えっと……気持ちよかった？」

気にしないで、とは言ったものの、初めての口淫で興奮したわたしの秘部は驚くほど濡れそぼっていて既に準備万端だ。身体の奥が切なく疼いている。

「……あぁ。信じられないくらい気持ちよかったが、フィアは嫌じゃなかったか？」

「まさか！　嫌だなんて思わないわ」

「じゃあ……わたしもお返ししてもいいだろうか？」

「……えぇ」

返答を聞いたセドリックはわたしからグラスを受け取ると、頭を支えながらゆっくりと押し倒した。その瞳はギラギラと揺らめき、はっきりとした情欲が浮かんでいた。

深く長い口付けを交わし、身体中に優しい唇の感触を感じる。そしてその唇がついにわたしの泥《でい》濘《ねい》まで下りてきた。

「すごい濡れている……テラテラと光ってとても綺麗だ。フィアも……欲しかった？」

「………………」

そんなこと恥ずかしくて言えるわけない。どれだけ欲していたかなんて一目瞭然だろうに。

「お願い……早く……」

肯定も否定もしないが、その先の行為を促すと、わたしの意図を正確に汲《く》み取《と》ったセドリックは秘裂に舌を這わせる。そのもどかしい刺激だけじゃ物足りない。もっと決定的な刺激が欲しい。そう思った矢先、セドリックはあわいを手で広げると一番感じる突起に吸い付いた。

久しぶりの感触に身体が敏感に反応する。腰がガクガクと震え出し、声にならない声をあげるとわたしは一瞬で高みに登らされる。それでもセドリックの責めは止まらない。背中を仰け反らせ、苦しいほどの快楽を逃そうと身を捩《よじ》るが、身体は登りつめたままだ。

「セディ……お願い……もっと奥であなたを感じたいの」

息も絶え絶えになりながらそう告げると、セドリックはようやく口を離し、口元で光るわたしの愛液をぐいっと手で拭った。

「久しぶりだ、もし痛かったら言ってくれ。わたしが我を忘れていたら殴ってくれて構わない」

それからセドリックは最初は優しく、まるで初夜を思わせるような動きで、反応を窺《うかが》いながら腰を振っていたが、わたしがきちんと快楽を得ているとわかると少しずつその腰の動きは激しさを増していった。

パンッパンッと肌がぶつかる音と、軋む寝台の音。

わたしの掠れた嬌声とセドリックの激しい息づかい。

ただそれだけで満たされる部屋の中で、わたしたちは何度も何度もお互いを激しく求め続けた。

窓から見える空が白みはじめた頃、わたしはセドリックの腕の中で温かな胸に顔を寄せていた。

セドリックはまだ眠れないのかわたしの髪をずっと撫でたり、くるくると指で弄んだりしている。

寝返りすら打ちたくないほど身体は疲弊しているのになぜか眠れないのはわたしも同じだった。

セドリックの小気味のよい心音を聞いて、ようやくウトウトしてきた頃、微睡《まどろみ》の中にいるわたしは不安だった心の内をつい漏らしてしまった。

「……もう女性として見られていないかと思っていたわ」

「まさか！　そんなことあるはずないだろう。いつも抱きたくてたまらなかった。毎日ものすごく我慢していたんだ」

「我慢なんてする必要なかったのに」

「産後のフィアの身体に負担になるかもしれないとか、子育てに疲れているのにわたしの劣情なんて不快だろうと思っていた」

「わたし……とても不安だったわ」

「すまなかった……それで茶会でこんなことを教えてもらったのか？」

とても気持ちよさそうには見えたが、生真面目なセドリックにとって「こんなこと」は嫌悪することだったかもしれない。まだ教えてもらったことの半分も披露できていないというのに。

「ねぇ、セディ？　今夜みたいなはしたないことをする妻は嫌かしら？」

「いや……淫らなフィアもすごく……良かった」

「そう、安心したわ。実はまだ他にもいろいろ教えてもらったのよ」

「……たとえば？」

「女性が主導権を握って男性に跨がって動くだとか、あ、あと胸に男性自身を挟むと喜ぶ殿方は多いと聞いたわ」

すぐ近くで「はぁ……」とため息が聞こえてくる。見上げるとセドリックは手で目を覆っていた。

「それはやりすぎかしら？」

「いや……嫌いな男なんていないだろう。だが、もしやるときは覚悟してほしい」

「どうして？」

「朝まで抱き潰される覚悟を持った上でやってくれ。自制できる自信がない」

そう言うとセドリックはわたしを抱きしめる力を強くする。背中にまわった手はなんだか怪しい動きをしているし、お腹《なか》には硬いものが当たっている。

「セ……セディ？」

「我慢する必要なんてないと言ったね？　わたしを誘惑するとどうなるか教えてあげないとな」

結局それから完全に朝を迎えるまでわたしは抱き潰される羽目になった。これから誘惑するときは絶対に慎重にしなければ、と漠然と思いながら、わたしは今度こそ深い眠りに落ちていったのだった。

夫の我慢

Otto no gaman

紙書籍限定
書き下ろし
ショートストーリー

「フィアはまだ起きているだろうか」

起きていたらいいな、という薄い希望を持ちながら、わたしは急いで湯浴みを終えると二人の寝室に足早に向かった。

ソフィアが社交界に本格復帰した王宮舞踏会が終わり、各国の招待客もぞくぞくと帰国の途に就いた。宰相補佐室もようやく平常運転に戻りつつあり、今夜は久しぶりに日付をまたぐ前に帰ることができていた。

いつも出仕するときには早朝にもかかわらずソフィアは必ず見送ってくれているが、正直それだけではソフィア不足だった。もっとたくさん話したいし、もっとずっと見つめていたい。

そんな焦がれる気持ちに急かされるように扉を開いたが、寝室には人の気配はなく、小さな灯りが静かに揺れているだけだった。寝台に膨らみもなく、眠ってしまったわけではないらしい。

「自室にいるのか？」

共用の寝室には扉一枚で続くソフィアの自室がある。その扉の前に立つと、中からは微かに紙のカサカサという音が聞こえてきた。わたしは扉を静かにノックすると、中から「どうぞ」と愛おしい妻の声がかかる。中に入ると薄手の寝衣を着たソフィアが椅子に座りながら何か作業をしているようだった。

「まだ起きていたんだな」

「えぇ。セディも遅くまでおつかれさま」

「あぁ、さっき帰ったところだ。……これはもしかして全部招待状か？」

「そうなの。ちょっとたくさんの招待状が届いていて、明日にはお返事したくて今日のうちに整理しているのよ」

ソフィアの机に近づいてみると、二つの盆に山積みになっている招待状があった。王宮舞踏会で鮮やかに社交界復帰したソフィアは、今や話題の中心だ。〝紡ぎの乙女〟なんて二つ名を持つ彼女にどうにか近づきたいと、皆、我先にと招待状を送ってきているようだった。

「それにしてもすごい数だな」

「こっちがジュラバル侯爵家宛に届いた夜会の招待状で、こっちがわたし宛に届いた茶会や音楽鑑賞会の招待状よ」

そう説明を受け、ソフィア宛に届いた招待状の盆に目を向ける。するとその山の中に、以前ソフィアに辛辣な言葉を投げつけていた伯爵令嬢の名が記された招待状を見つけ、わたしは苦々しい気持ちでその招待状を手に取った。

「あんなことをしておいて、よく招待状なんて送ってこられるものだな」

「そうね。でも今回はお断りするけれど、次は参加するつもりよ」

「そうなのか？」

「だって彼女は既に罰を受けているもの。いつまでも遺恨を残すのも良くないわ」

二年前、ソフィアに言いがかりをつけた令嬢の名は今も変わっていない。つまりどこにも嫁げていないということだ。衆人環視の中で次期侯爵夫人に難癖をつけ食って掛かった令嬢など、まともな家に嫁げるはずもない。行き遅れと言われる年齢に片足を突っ込み、恥を承知でソフィアとの関係改善を図りたいと必死なのだろう。

そんな者など見捨てればいいのに、とも思うが、聡《さと》いソフィアのことだ。きっと単純な優しさだけでそう言っているわけではないのだろう。こういった匙加減《さじかげん》はわたしよりもソフィアの方が長《た》けている。全幅の信頼を寄せているソフィアにその采配は任せ、わたしは休む間もなく動き続けているソフィアの手を見つめた。次々と優先順位を考えながら合理的に裁いていくソフィアの動きは見ていて気持ちがいい。「男だったら部下に欲しい人材だな」などと考えていると、ふと視線に気付いたソフィアが手を止めて顔を上げた。

「どうしたの？　わたしに構わずセディは眠ってね。明日も早いんでしょう？」

「いや、まだ時間がかかりそうだし、紅茶でも淹れようか？　それともわたしにできることがあれば手伝うが」

「ありがとう。でももう少しで終わるからどちらも大丈夫よ。さぁ、早く眠ってちょうだい」

「だが……」

「本当に助けてほしいときは、ちゃんと助けを求めるわ。だから、ね？」

もうしばらくソフィアの仕事姿を見ていたい気持ちもあるが、ここに自分がいる方がかえって仕事の邪魔になるだろう。残念に思いながらもソフィアの自室をあとにすると、一人寝台に入った。

ここ最近は眠っているソフィアを起こさないように静かに寝台に入り、柔らかなソフィアの温もりに触れながら眠りについていたせいか、冷たいシーツの感触がどうにも落ち着かない。目を瞑ってもなかなか寝付けず、どうしたものかと思っていたところ扉が開く音が聞こえた。どうやらソフィアの仕事が終わったらしい。

つい眠ったふりをしてしまったのは、ちょっとした悪戯心と、まだ眠っていなかったのかと心配をかけたくない気持ちからだった。起こさないようにという気遣いだろう。足音は全く聞こえないが、静かに寝台に近づいてくる気配を感じる。そして少しすると寝台がぎゅっと沈み込み、額に柔らかな温もりが触れた。

「おつかれさま」

すっかり眠っていると思い込んでいるソフィアからもらった優しい言葉と口付け。なんて幸せな時間だろうか。その上ソフィアはシーツの間に潜り込んだかと思うと、まるで子猫のようにわたしの胸に顔を埋め、すりすりと甘えるように擦りつけてきたのだ。胸元から立ち上る石鹸《せっけん》とソフィア自身の甘い香りにくらくらする。気付けばわたしの陰茎はむくむくと頭をもたげ始めていた。

つい、最後に身体を重ねた舞踏会の夜のことを思い出してしまう。出産後、友人たちからの教えで夫婦生活に積極的になったソフィアは、あの夜、初めてわたしの上に跨がると、自ら腰をなまめかしく振ったのだ。

恥ずかしさから顔だけでなく身体までも真っ赤に染めていたソフィア。「気持ちいい？」と上擦る声で何度も確認しながら、自分の気持ちいい場所に当たると身体をビクビクさせながら甘い嬌声を上げる。汗ばむ身体、揺れる豊満な乳房、快楽に溶けた表情。それらを下から眺めるというのは、至福の時間であり、快楽の拷問のようでもあった。

目から入る情報だけでもすぐに達してしまいそうなのに、元々乗馬が得意なソフィアの巧みな腰使い。美しい姿をもっと見つめていたいという気持ちとは裏腹に、わたしは込み上げてくる射精感に抗えなかった。

そんな甘美な時間を思い出したせいか、すっかり陰茎は硬度を増し、どくどくと脈打っていた。しばらくソフィアと身体を繋げられていないのだ。柔らかな温もりに触れながら眠る夜も幸せだが、今はもっと熱く深いところに触れたい。

背中に回していた手でそっとソフィアの肌を寝衣越しになぞる。細いのに柔らかなその質感がさらに情欲を駆り立てる。だが、ゆっくりと手を臀部《でんぶ》に向かい下げ始めたところで、胸元から「すぅすぅ」と気持ちよさそうな寝息が聞こえてきた。

「えっ？」

埋められた顔を覗き込んでみると、そこにはすやすやと眠る無防備な寝顔があった。覗き込んだせいでできてしまった隙間が不満なのか、ソフィアは僅かに眉を寄せたかと思うと、もう一度胸元を求め顔を埋めた。そして満足そうに微笑むと、安心しきった顔をして深い眠りに落ちていってしまった。

「くっ……」

こんな顔で眠るソフィアを起こすわけにはいかない。正直、陰茎は苦しいほどに質量を増し、解放されるときを今か今かと待っている。だが、侯爵家のため、そしてなによりわたしのために、ソフィアは夜遅くまで子育てに社交に家政にと働いてくれているのだ。その眠りを妨げるなんてできない。

大きく深呼吸をして欲情しきった身体をなんとか落ち着かせると、腰あたりで固まっていた手を動かしソフィアの髪をそっと撫でた。今夜はしばらく眠れそうにない。わたしは可愛らしい寝息を聞きながら、悶々とした長い夜を過ごすことになった。

あとがき

はじめまして。本作「後妻の捧《ささ》げる深愛は運命の糸を紡ぐ」にてデビューいたしました吉見依瑠《よしみいる》と申します。この度は数あるライトノベルの中から、この作品を手に取っていただき、誠にありがとうございます。

さて、この作品の軸となる登場人物は、「真面目で誠実な夫」「美しく聡明《そうめい》な前妻」「芯が強く前向きな後妻」の三人ですが、読者の皆さまは誰に一番、感情移入されましたでしょうか？

私は断然、前妻のパトリシアでした。というよりも、もし自分が死んだら……と考えたときに、夫にはこうなってほしい、後妻にはこんな人がきてほしいという願望からこのお話は生まれました。

道徳心の高さ故に、ソフィアを愛してしまったことに罪悪感を覚えるセドリック。

心の機微に聡《さと》いが故に、セドリックの見せる小さな違和感に気付いてしまうソフィア。

わたしの願望のせいで、心優しい二人には大変辛い思いをさせてしまいました。

それに、いつまでも心の中にパトリシアを住まわせるセドリックに、腹立たしい感情を抱いた方も多いのではないかと思います。

ただ、「死んだ人間には敵《かな》わない」とよく言われますが、きっと愛《いと》しい人を残していく側は、これからを共に生きていける後妻に、それ以上の嫉妬を抱いているのではないかと思うのです。共に笑い、共に泣き、共に老いていく。それが叶《かな》わなかったパトリシアの救いとなるのは唯一、忘れないでいることではないかと。

決して完全無欠な溺愛ストーリーではありませんが、パトリシアの死を乗り越えた先にある愛は、とてつもなく重く純粋なものです。一筋縄ではいかない大人の恋愛ストーリーを楽しんでいただけたら幸いです。


この作品は二〇二二年に執筆活動を始めて、三作品目。完結したものだと二作品目にあたります。そんな無名の弱小作者の作品を見つけていただき、右も左もわからないわたしを支えてくださった担当編集さまには感謝しかありません。本当にありがとうございます。その上、初めての書籍化作品のイラストレーターがなんと、すらだまみ先生！　超絶贅沢《ぜいたく》なご褒美に大幅な加筆修正も捗《はかど》り、かえって書きすぎてしまうほどでした。

表紙はもちろんのこと、挿絵のあまりの美しさに、初めて見たときは冗談抜きで震えました。これぞ「美しさ」と「エロさ」の共存。書籍をつくる大変さに打ちのめされそうになる度、挿絵を見て自分を奮い立たせた日々が懐かしいです。


最後になりましたが、この本の発売にあたり支えてくださった皆さま、そしてなによりもこの本を手に取ってくださった読者の皆さまに、心より感謝を申し上げます。

ありがとうございました。

Ruhuna

お買い上げいただきありがとうございます。
作品へのご意見・ご感想は右下のQRコードよりお送りくださいませ。
ファンレターにつきましては以下までお願いいたします。

〒162-0822
東京都新宿区下宮比町2-26 KDX飯田橋ビル 5階
株式会社MUGENUP ルフナ編集部 気付
「吉見依瑠先生」／「すらだまみ先生」

後妻の捧げる深愛は運命の糸を紡ぐ

2023年9月29日　第1刷発行

著者：吉見依瑠

イラスト：すらだまみ

発行人　伊藤勝悟
発行所　株式会社MUGENUP
〒162-0822 東京都新宿区下宮比町2-26 KDX飯田橋ビル 5階
TEL：03-6265-0808（代表）　FAX：050-3488-9054
発売所　株式会社星雲社（共同出版社・流通責任出版社）
〒112-0005 東京都文京区水道1-3-30
TEL：03-3868-3275　FAX：03-3868-6588
印刷所　株式会社暁印刷

カバーデザイン：カナイデザイン室
本文・フォーマットデザイン：株式会社RUHIA

本書は、小説投稿サイト「小説家になろう（ムーンライトノベルズ）」に掲載されていたものを、改稿・加筆のうえ書籍化したものです。

Printed in Japan
ISBN 978-4-434-32518-2 C0093